杭州优秀传统文化丛书

Hangzhou Youxiu Chuantong Wenhua Congshu

前生我已
到杭州

王文正——著

杭州出版社

图书在版编目（CIP）数据

前生我已到杭州 / 王文正著 . -- 杭州 : 杭州出版
社 , 2022.8
　（杭州优秀传统文化丛书）
　ISBN 978-7-5565-1669-8

　Ⅰ . ①前… Ⅱ . ①王… Ⅲ . ①传记文学—中国—当代
Ⅳ . ① I25

中国版本图书馆 CIP 数据核字（2022）第 012124 号

Qiansheng Wo Yi Dao Hangzhou

前生我已到杭州

王文正/著

责任编辑　沈　倩
装帧设计　李轶军　祁睿一
美术编辑　祁睿一
责任校对　萧　燕
责任印务　屈　皓
出版发行　杭州出版社（杭州市西湖文化广场32号6楼）
　　　　　电话：0571-87997719　邮编：310014
　　　　　网址：www.hzcbs.com
排　　版　浙江时代出版服务有限公司
印　　刷　天津画中画印刷有限公司
经　　销　新华书店
开　　本　710 mm × 1000 mm　1/16
印　　张　15.75
字　　数　197千
版 印 次　2023年1月第1版　2023年1月第1次印刷
书　　号　ISBN 978-7-5565-1669-8
定　　价　58.00元

序 言

文化是城市最高和最终的价值

我们所居住的城市，不仅是人类文明的成果，也是人们日常生活的家园。各个时期的文化遗产像一部部史书，记录着城市的沧桑岁月。唯有保留下这些具有特殊意义的文化遗产，才能使我们今后的文化创造具有不间断的基础支撑，也才能使我们今天和未来的生活更美好。

对于中华文明的认知，我们还处在一个不断提升认识的过程中。

过去，人们把中华文化理解成"黄河文化""黄土地文化"。随着考古新发现和学界对中华文明起源研究的深入，人们发现，除了黄河文化之外，长江文化也是中华文化的重要源头。杭州是中国七大古都之一，也是七大古都中最南方的历史文化名城。杭州历时四年，出版一套"杭州优秀传统文化丛书"，挖掘和传播位于长江流域、中国最南方的古都文化经典，这是弘扬中华优秀传统文化的善举。通过图书这一载体，人们能够静静地品味古代流传下来的丰富文化，完善自己对山水、遗迹、书画、辞章、工艺、风俗、名人等文化类型的认知。读过相关的书后，再走进博物馆或观赏文化景观，看到的历史遗存，将是另一番面貌。

　　过去一直有人在质疑，中国只有三千年文明，何谈五千年文明史？事实上，我们的考古学家和历史学者一直在努力，不断发掘的有如满天星斗般的考古成果，实证了五千年文明。从东北的辽河流域到黄河、长江流域，特别是杭州良渚古城遗址以距今5300—4300年的历史，以夯土高台、合围城墙以及规模宏大的水利工程等史前遗迹的发现，系统实证了古国的概念和文明的诞生，使世人确信：这里是古代国家的起源，是重要的文明发祥地。我以前从来不发微博，发的第一篇微博，就是关于良渚古城遗址的内容，喜获很高的关注度。

　　我一直关注各地对文化遗产的保护情况。第一次去良渚遗址时，当时正在开展考古遗址保护规划的制订，遇到的最大难题是遗址区域内有很多乡镇企业和临时建筑，环境保护问题十分突出。后来再去良渚遗址，让我感到一次次震撼：那些"压"在遗址上面的单位和建筑物相继被迁移和清理，良渚遗址成为一座国家级考古遗址公园，成为让参观者流连忘返的地方，把深埋在地下的考古遗址用生动形象的"语言"展示出来，成为让普通观众能够看懂、让青少年学生也能喜欢上的中华文明圣地。当年杭州提出西湖申报世界文化遗产时，我认为这是一项需要付出极大努力才能完成的任务。西湖位于蓬勃发展的大城市核心区域，西湖的特色是"三面云山一面城"，三面云山内不能出现任何侵害西湖文化景观的新建筑，做得到吗？十年申遗路，杭州市付出了极大的努力，今天无论是漫步苏堤、白堤，还是荡舟西湖里，都看不到任何一座不和谐的建筑，杭州做到了，西湖成功了。伴随着西湖申报世界文化遗产，杭州城市发展也坚定不移地从"西湖时代"迈向了"钱塘江时代"，气势磅礴地建起了杭州新城。

从文化景观到历史街区，从文物古迹到地方民居，众多文化遗产都是形成一座城市记忆的历史物证，也是一座城市文化价值的体现。杭州为了把地方传统文化这个大概念，变成一个社会民众易于掌握的清晰认识，将这套丛书概括为城史文化、山水文化、遗迹文化、辞章文化、艺术文化、工艺文化、风俗文化、起居文化、名人文化和思想文化十个系列。尽管这种概括还有可以探讨的地方，但也可以看作是一种务实之举，使市民百姓对地域文化的理解，有一个清晰完整、好读好记的载体。

传统文化和文化传统不是一个概念。传统文化背后蕴含的那些精神价值，才是文化传统。文化传统需要经过学者的研究提炼，将具有传承意义的传统文化提炼成文化传统。杭州与丛书作者在创作方面作了种种古为今用、古今观照的探讨交流，还专门增加了"思想文化系列"，从杭州古代的商业理念、中医思想、教育观念、科技精神等方面，集中挖掘提炼产生于杭州古城历史中灵魂性的文化精粹。这样的安排，是对传统文化内容把握和传播方式的理性思考。

继承传统文化，有一个继承什么和怎样继承的问题。传统文化是百年乃至千年以前的历史遗存，这些遗存的价值，有的已经被现代社会抛弃，也有的需要在新的历史条件下适当转化，唯有把传统文化中这些永恒的基本价值继承下来，才能构成当代社会的文化基石和精神营养。这套丛书定位在"优秀传统文化"上，显然是注意到了这个问题的重要性。在尊重作者写作风格、梳理和讲好"杭州故事"的同时，通过系列专家组、文艺评论组、综合评审组和编辑部、编委会多层面研读，和作者虚心交流，努力去粗取精，古为今用，这种对文化建设工作的敬畏和温情，值得推崇。

人民群众才是传统文化的真正主人。百年以来，中华传统文化受到过几次大的冲击。弘扬优秀传统文化，需要文化人士投身其中，但唯有让大众乐于接受传统文化，文化人士的所有努力才有最终价值。有人说我爱讲"段子"，其实我是在讲故事，希望用生动的语言争取听众。今天我们更重要的使命，是把历史文化前世今生的故事讲给大家听，告诉人们古代文化与现实生活的关系。这套丛书为了达到"轻阅读、易传播"的效果，一改以文史专家为主作为写作团队的习惯做法，邀请省内外作家担任主创团队，组织文史专家、文艺评论家协助把关建言，用历史故事带出传统文化，以细腻的对话和情节蕴含文化传统，辅以音视频等其他传播方式，不失为让传统文化走进千家万户的有益尝试。

中华文化是建立于不同区域文化特质基础之上的。作为中国的文化古都，杭州文化传统中有很多中华文化的典型特征，例如，中国人的自然观主张"天人合一"，相信"人与天地万物为一体"。在古代杭州老百姓的认知里，由于生活在自然天成的山水美景中，由于风调雨顺带来了富庶江南，勤于劳作又使杭州人得以"有闲"，人们较早对自然生态有了独特的敬畏和珍爱的态度。他们爱惜自然之力，善于农作物轮作，注意让生产资料休养生息；珍惜生态之力，精于探索自然天成的生活方式，在烹饪、茶饮、中医、养生等方面做到了天人相通；怜惜劳作之力，长于边劳动，边休闲娱乐和进行民俗、艺术创作，做到生产和生活的和谐统一。如果说"天人合一"是古代思想家们的哲学信仰，那么"亲近山水，讲求品赏"，应该是古代杭州人的生动实践，并成为影响后世的生活理念。

再如，中华文化的另一个特点是不远征、不排外，这体现了它的包容性。儒学对佛学的包容态度也说明了这一点，对来自远方的思想能够宽容接纳。在我们国家的东西南北甚至是偏远地区，老百姓的好客和包容也司空见惯，对异风异俗有一种欣赏的态度。杭州自古以来气候温润、山水秀美的自然条件，以及交通便利、商贾云集的经济优势，使其成为一个人口流动频繁的城市。历史上经历的"永嘉之乱，衣冠南渡"，"安史之乱，流民南移"，特别是"靖康之变，宋廷南迁"，这三次北方人口大迁移，使杭州人对外来文化的包容度较高。自古以来，吴越文化、南宋文化和北方移民文化的浸润，特别是唐宋以后各地商人、各大商帮在杭州的聚集和活动，给杭州商业文化的发展提供了丰富营养，使杭州人既留恋杭州的好山好水，又能用一种相对超脱的眼光，关注和包容家乡之外的社会万象。这种古都文化，也代表了中华文化的包容性特征。

城市文化保护与城市对外开放并不矛盾，反而相辅相成。古今中外的城市，凡是能够吸引人们关注的，都得益于与其他文化的碰撞和交流。现代城市要在对外交往的发展中，进行长期和持久的文化再造，并在再造中创造新的文化。杭州这套丛书，在尽数杭州各色传统文化经典时，有心安排了"古代杭州与国内城市的交往""古代杭州和国外城市的交往"两个选题，一个自古开放的城市形象，就在其中。

"杭州优秀传统文化丛书"团队在传统和现代的结合上，想了很多办法，做了很多努力。传统文化丛书要得到广大读者接受，不是件简单的事。我们已经走在现代化的路上，传统和现代的融合，不容易做好，需要扎扎实实地做，也需要非凡的创造力。因为，文化是城市功能的最高价值，也是城市功能的最终价值。从"功能城市"走向"文化城市"，就是这种质的飞跃的核心理念与终极目标。

2020 年 9 月

（单霁翔，中国文物学会会长）

西湖图（局部）

目 录

引　言

　　北宋熙宁元年（1068），即位不久的宋神宗不甘于有宋以来积贫积弱的局面，决心富国强兵，重振汉唐雄风。他越次召见翰林学士王安石，与之深谈富国之道。第二年，神宗付大政与王安石。中国历史上著名的"王安石变法"（也称"熙宁变法"）拉开了序幕。在神宗皇帝的信任和支持下，王安石迅速组织起主持变法的机构，并实施了青苗法、募役法、均输法、方田均税法、市易法等一系列变法措施。

　　也正是在熙宁二年（1069），中国文学史上的著名诗人、北宋大文豪苏东坡，在为父亲苏洵守制三年期满后，从故乡眉山回到了京师开封，恢复了他此前担任的殿中丞、直史馆的职务。

　　王安石新法一出，舆论哗然，朝议纷纷。原来，朝臣之中，虽然大多数人意识到了国家面临危机，需要改革，但是在如何改、确立什么样的改革目标等问题上，却存在重大分歧。王安石的新法措施，遭到了翰林侍读学士、右谏议大夫司马光的激烈反对，韩琦、富弼、文彦博、欧阳修等一批元老重臣也更多地倾向于司马光的政见。

在这个时候，回到京城的苏东坡，在了解了王安石变法的内容之后，也站在了反对变法措施的一边。在此后两年中，苏东坡先后多次上书反对王安石的变法措施。最为有名的，便是熙宁四年（1071）二月和三月，苏东坡洋洋万言的《上皇帝书》和《再上皇帝书》，对王安石的新法进行逐条批驳，完整系统地表达了自己对新法的不满，并劝说神宗"结人心，厚风俗，存纪纲"。

苏东坡对变法措施的攻击和反对，最终惹恼了王安石。王安石授意他的姻亲、新任御史官谢景温上疏弹劾苏东坡，说苏东坡在服丧回乡时，利用官船贩运私盐、木材、瓷器等物，而且沿途妄冒名义，差借兵卒。支持王安石变法的宋神宗大概也恼怒苏东坡的不敬，便下令有司查证此事。

谢景温等人劳心费力折腾数月，最终并没有找到证据，整个事件虎头蛇尾，不了了之。但被泼了污水的苏东坡却着实被恶心到了。他心灰意冷，上疏请求外任。

对苏东坡又爱又恨的宋神宗经过一番踌躇，将苏东坡"外放"到了东南第一大都会——杭州。

苏东坡（1037年1月8日—1101年8月24日）[1]，四川眉山人，名轼，字子瞻，"东坡居士"是他在"乌台诗案"之后被贬黄州时给自己起的另一个号，也是最广为人知的，为行文方便起见，本书一律以"苏东坡"称之。嘉祐元年（1056），苏东坡与弟弟苏辙一起入京参加礼部秋试，均被录取为高等。次年在殿试中，兄弟二人同登进士科，脱颖而出，名动京师，此后苏东坡的诗文成为士林学习模仿的对象。欧阳修去世后，苏东坡成为事实上的文坛领袖。后人称誉的"唐宋八大家"中的宋代六家，除了苏洵、苏东坡、苏辙父子三人外，欧

[1] 即景祐三年十二月十九日至建中靖国元年七月二十八日。本书中苏东坡年龄按《宋史》《苏轼年谱》，以阴历计。

阳修、王安石、曾巩都与苏东坡有交集。

苏东坡经历了仁宗、英宗、神宗、哲宗、徽宗五朝，一生宦海沉浮，数起数落。"问汝平生功业，黄州惠州儋州。"这三个州都是苏东坡被贬官的任所。苏东坡在朝廷的最高官职是礼部尚书，并曾担任过吏部尚书、兵部尚书和翰林院侍读。在地方官方面，他先后担任过凤翔签判、杭州通判，以及密州、徐州、湖州、登州、杭州、颍州、扬州、定州等八个州的知州。

苏东坡一生与杭州最为有缘。他先后两次来杭州任地方官，前后共有约五年时间。第一次来杭是从宋神宗熙宁四年（1071）到熙宁七年（1074），官衔是杭州通判。第二次来杭，是在他五十四岁到五十六岁时，也就是

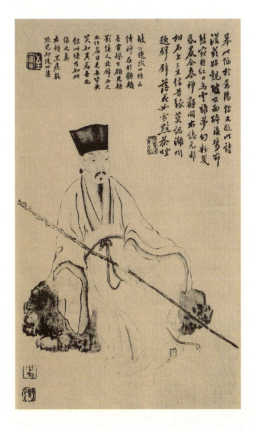

〔宋〕李公麟绘苏东坡像　东坡好友黄庭坚说此画"极似其（东坡）醉时意态"

宋哲宗元祐四年（1089）到元祐六年（1091），此次是任知州。

在杭州任通判的不到三年期间，苏东坡先后与沈立、陈襄、杨绘三任知州共事，其中与陈襄共处的时间最长。这一时期，苏东坡在职务上是协助者的角色，总体来说需要处理的政务不多，也便有了寄情山水的时间和精力。这期间，苏东坡写了大量的诗词文章，赞美杭州的风物，留给世人许多脍炙人口的诗词佳篇，也给人们留下了一个风流倜傥的文士形象。

元祐四年（1089），苏东坡再次来到杭州，任知州。此时东坡人到中年，有了密州、徐州、湖州等地的知州经验，也有了"乌台诗案"的人生历练，在政治上和性格上都已十分成熟。这次在杭州的两年时间里，苏东坡救济灾荒，治理六井，疏浚西湖，建筑长堤，并屡次上书朝廷，为杭城百姓申请赈济。与上一次任通判相比，苏东坡此时公务繁忙，大大消减了徜徉山水的心境，诗词创作也减少了许多。

苏东坡两次来杭，为杭州和西湖留下了大量的诗篇。据不完全统计，在杭州前后五年时间，流传下来的苏东坡创作的诗词有五百余首，其中不乏中国文学史上的名篇，更有许多被收入中小学的语文课本中。

苏东坡在杭州受著名词人张先影响正式开始词的创作，一个豪放派大词人由此诞生；苏东坡在杭州设立了中国历史上第一家官办医疗机构，是今日官办医院的滥觞；苏东坡疏浚西湖，筑造苏堤，为杭州留下了一道无与伦比的人文景观，成就了今日杭州西湖十景之首的"苏堤春晓"；苏东坡在杭州发扬光大了他的美食"东坡肉"，为千年之后的我们留下了一道难以忘怀的

迢守錢塘記大羞誇

山靄·畫壙廬长陵

芳古傳名姓肯讓賚

先擅岘湖

右領蘇堤春晓偶掌

〔清〕董邦达《苏堤春晓轴》

美味……

　　杭州的山山水水都留下了苏东坡的足迹，留下了苏东坡的诗词。苏东坡对杭州充满了深情：

　　　　居杭积五岁，自意本杭人。
　　　　故山归无家，欲卜西湖邻。

　　　　昨夜风月清，梦到西湖上。
　　　　朝来闻好语，扣户得吴饷。

　　　　梦想平生消未尽，满林烟月到西湖。

　　　　轼亦一岁率常四五梦至西湖上，此殆世俗所谓前缘者。

　　苏东坡对杭州的热爱，也赢得了杭州人民对他的感念。元丰二年（1079），乌台诗案爆发，苏东坡被诬入狱，杭州老百姓一连数月为他作解厄道场，祈愿他消弭灾祸，逢凶化吉。在狱中的苏东坡闻知此事后也感激涕零，甚至打算日后归葬杭州："百岁神游定何处，桐乡知葬浙江西。"

　　今天的杭州人民，依然处处纪念着这位深情的诗人、伟大的"市长"。从学士路到东坡路，从望湖楼到六一泉，从龙井山到灵隐寺，从三潭印月到苏堤春晓，从钱塘江上到西兴浦口，山水之中，遥望之处，我们都能想到苏东坡，想到近千年前那个风流倜傥的通判，那个勤政爱民的太守……

　　　　水光潋滟晴方好，山色空蒙雨亦奇。
　　　　欲把西湖比西子，淡妆浓抹总相宜。

黑云翻墨未遮山，白雨跳珠乱入船。

卷地风来忽吹散，望湖楼下水如天。

有情风、万里卷潮来，无情送潮归。问钱塘江上，西兴浦口，几度斜晖？不用思量今古，俯仰昔人非。谁似东坡老，白首忘机。　　记取西湖西畔，正暮山好处，空翠烟霏。算诗人相得，如我与君稀。约他年、东还海道，愿谢公、雅志莫相违。西州路，不应回首，为我沾衣。

校园学子的朗读中，西湖游人的低吟里，我们依然听得见，苏东坡千年不朽的诗歌。

第一章

钱塘风景古来奇

——苏东坡与杭州风物

熙宁五年（1072），年将二十岁的晁补之跟随做官的父亲到了杭州新城（今富阳），而此时苏东坡正在杭州任通判。晁补之从十五岁就开始阅读苏东坡的诗文，并烂熟于心，五年来，已成为苏东坡的"铁杆粉丝"，并对东坡文章的"豪重敢决，旁肆横发，呼吸阴阳，出入鬼神"佩服得五体投地。如今，自己仰慕已久的苏公就在眼前，怎能错过拜师门下的机会？

晁补之连续投书两封，希求谒见东坡。东坡见到晁补之的谒文，爱才如命，很快就接见了这位少年。晁补之日后被列入"苏门六君子"之一，他与苏东坡的渊源，正是从熙宁五年（1072）的杭州开始的。晁补之自拜见东坡后，得其指点，才知道了学习的方向；而苏东坡也毫无保留地倾其所学，向晁补之讲解学问之道，经常废寝忘食。

一次，苏东坡与晁补之谈起了杭州的山川风物，对杭州这座历史名城赞不绝口。作为弟子的晁补之将东坡的陈述记录了下来，并模仿汉代著名文学家枚乘的《七发》、曹植的《七启》，写了一篇《七述》，呈给东坡。东坡读后，大为叹赏，说："有你这篇文章，关于杭州，我可以搁笔了！"

当时的苏东坡已经名满天下，在他的恩师欧阳修去世（1072年）后，苏东坡隐然已成文坛的领袖，士人皆以得到他的一句肯定而自重。而这一次，苏东坡见到晁补之此文，直呼"吾可以搁笔矣"，他对晁补之此文评价之高，让人想起了李白登黄鹤楼看到崔颢之诗的反应。

那么，《七述》中记载的苏东坡对杭州的评价，究竟是怎样的？且看：

> 杭之故封，左浙江，右具区，北大海，南天目。万川之所交会，万山之所重复。或濑或湍，或湾或渊，或岐或孤，或衺或连。滔滔汤汤，浑浑洋洋，累累硌硌，隆隆印印，若金城天府之疆。其民既庶而有余，既姣而多娱。可导可疏，可刜可捍，可跋可逾，可樏可车。若九洲三山，接乎人世之庐，连延迤逦，环二千里。邑居牧聚，蚁合蜂起。高城附之，如带绕指，隐以为脊，折以为尾。因河堑华，不足方比，方城汉水，胡敢竞美？当昔夫差之盛时，内姑苏以为心腹，而外城此以为身。革车千乘，甲士万人，粟支十年，帛散千屯，洒汗成雨，连衽成云……
>
> 吴越之有东南也，实国于杭。而杭，吴越之大都也，宫室之丽犹有存者。其始也，削山填谷，叩石垦陆，蹶林诛樾，擢筱夷竹……

《七述》是以赋体写成，洋洋洒洒三千言，以传统赋体主客问答的形式，写苏东坡与晁补之两人对"杭之山川人物雄秀奇丽夸靡饶阜"的探讨，它以孺子（晁补之）之问为线索，以先生（东坡）之答为主体，豪华铺张而又十分细致地描写了杭州的雄丽与富饶。应当说，这篇文章是晁补之与苏东坡两人共同创作的，是晁补之将苏东坡对杭州的评价用近乎完美的语言和形式表达了出来。或许正因为此，苏东坡说"吾可以搁笔矣"！

事实上，苏东坡在此后守杭的多年时间里，确实再也没有写一篇专门陈述杭州之美的文章，因为他要写的，晁补之已替他写出来了。

第一节 孤山：到杭第三天就去看望恩师的朋友

青山隐隐水迢迢，秋尽江南草木凋。

熙宁四年（1071）十一月二十八日，三十六岁的苏东坡第一次来到杭州时，正是万物萧索的冬季。此时虽然木叶尽脱，百花落尽，但苏东坡还是像发现新大陆似的发现了杭州之美，一眼就看出了西湖山水那隐藏不住的神韵。

在此之前，苏东坡已久慕杭州的大名。

"松排山面千重翠，月点波心一颗珠。"他最喜爱的唐朝大诗人白居易这样描述西湖的山水。

"重湖叠巘清嘉。有三秋桂子，十里荷花。羌管弄晴，菱歌泛夜，嬉嬉钓叟莲娃。"他虽然不太喜欢那个叫"柳七"的词人，却不得不承认，他对繁华杭州的描述让自己对杭州心生向往。

"长忆西湖胜鉴湖，春波千顷绿如铺。"他的精神导师范仲淹也对杭州一往情深。

苏东坡当然也知道，十四年前，当梅挚出守杭州时，仁宗皇帝在赐他的诗中也称赞杭州"地有吴山美，东南第一州"。

在经历了与王安石等人的一番唇枪舌剑之后，在被谢景温等人以令人不齿的手段诽谤泼污之后，在看到自己的亲友由于反对王安石变法而一个个被迫离京之后，年轻的苏东坡厌倦了京城那种哓哓嚷嚷的污浊空气。西湖的碧水乍然呈现在眼前时，苏东坡的眼睛和心灵立即像被洗涤过一样。

苏东坡抑制不住内心的喜悦，暗自想道：俗云"小隐隐于野，大隐隐于市"，这西湖的湖山与杭州城紧密相连，既不能"大隐"，也不能"小隐"，但足以"中隐"，长期闲居于此。我本来就是远离家乡的人，不住在这里，还能住在哪里呢？更何况故乡并没有这样美丽的山水。

不过，刚刚来到杭州的苏东坡，还不能马上流连风景，隐身林泉。他必须去完成恩师欧阳修交办的一个任务。

欧阳修给他了什么任务？

两个月前，苏东坡在来杭州的路上，经过颍州（今安徽阜阳）。颍州旧称汝阴，气候温和，物产丰饶，境内也有一西湖，风景绝胜，可与杭州西湖媲美。苏东坡的恩师，刚刚退休不久的欧阳修便定居在这里。一到颍州城，苏东坡便去拜望了欧阳修。此时的欧阳修已经年过六旬，须发尽白，老眼昏花，双耳重听，步履艰难，一副老态龙钟的样子。看到恩师这番模样，苏东坡不禁一阵心酸。欧阳老师无论是文章还是风节，都足可为万世之表。数十年的宦海风波，经历了无数次政敌的攻击和污蔑，可以欣慰的是，他终于可以在山水之中，在大

苏东坡书欧阳修《醉翁亭记》清刻石（部分）

自然的怀抱里，度过生命的黄昏。

苏东坡的到来，让欧阳修十分兴奋。他带领苏东坡兴致勃勃地游览西湖，饮酒赋诗，过着优哉游哉的日子。欧阳修告诉苏东坡，他有琴一张，棋一局，酒一壶，书一万卷，金石遗文一千卷，自号"六一居士"。

"这不是才五个'一'吗？"苏东坡诧异地问，心想，莫非恩师真老糊涂了？

欧阳修哈哈大笑，指着自己的鼻子说："还有我这一个老头子啊！处于这五物之间，不止是'六一'吗？！"

说完，欧阳修告诉苏东坡，自己致仕以后，便纵情山水，琴棋书酒，尽享其中乐趣。

"西湖真是个好地方！"看着颍州西湖的潋潋波光，

苏东坡叹道。

"你是说颍州西湖还是杭州西湖？"欧阳修问道。

苏东坡清了清嗓子，歌唱起来："天容水色西湖好，云物俱鲜。鸥鹭闲眠，应惯寻常听管弦。 风清月白偏宜夜，一片琼田。谁羡骖鸾，人在舟中便是仙。"

歌毕，东坡笑问："恩师的这首词，写的是哪个西湖？"

原来，苏东坡歌唱的，正是欧阳修写的歌咏西湖景物的十首《采桑子》中的一首。欧阳修所歌咏的，当然是颍州西湖，但既然"人在舟中便是仙"，那么无论是颍州西湖还是杭州西湖，都一样是好的所在了。

欧阳修初识苏东坡时便赞他"善读书，善用书"，预言东坡将会继自己之后成为文坛的领袖，并说："老夫当避路，放他出一头地。"这次见东坡神秀不减当年，想自己沉浮一生，但能有东坡这样的弟子，也是颇可荣耀的了。

欧阳修嘉许地望着苏东坡，说："其实，杭州的西湖，我也写过一首诗。"说完，便吟道："东南地秀绝，山水澄清光。余杭几万家，日夕焚清香。烟霏四面起，云雾杂芬芳。岂如车马尘，鬓发染成霜……"

吟到这里，欧阳修忽然想起一件事情，便转过话头说道："杭州西湖，有个僧人叫惠勤，少年时父母双亡，长大成人后亦无家室，曾有二十年时间在京师开封游历。他善作诗文，诗尤其好，又有聪明才智，名气很大。当时我与京城的许多文人学士都与他交好。"

"后来，惠勤倦游南归，说是要穷极吴、越、瓯、闽江湖海上诸山，以尽山水之乐。为此，我曾写过《山中之乐》三章送给惠勤，极写山林之乐事，以动荡其心意。后来惠勤果然听从了我的劝告，回到钱塘，在西湖孤山结庐隐修……"

说到这里，欧阳修期待地看着苏东坡，继续说道："你到杭州后，处理公务之余，如果一时找不到可以一起寄情山水的朋友，不妨去看看他，也代我问候一下老朋友。"

苏东坡闻言，立即起身拜道："弟子谨记嘱托！"

恩师之托，岂有怠慢之理？熙宁四年（1071）腊月初一，苏东坡来到杭州的第三天，就背着夫人王闰之和儿子苏迈，急不可耐地下了凤凰山，来到孤山，寻找一处名为智果寺的寺庙，拜访惠勤和惠思。

这一天，西湖的上空聚集着阴云，正是欲雪而未雪的天气。东坡舟行水上，遥望远处，但见楼台明灭，山色若有若无；近看湖水，只见水落石出，水底游鱼清晰可数。当走进孤山，又见山中木高林深，小鸟欢快地呼朋引伴。东坡一路寻来，找到了惠勤所在的智果寺。

智果寺其实是一幢简单的竹屋，东坡来到屋前，先敲了几下屋外的竹门，无人回应，便径直推门而入，进入屋内，才发现有两位僧人正身穿粗布衣服、靠着蒲团打瞌睡呢！

苏东坡的到来，到底惊醒了两位僧人，其中一位正是惠勤大师。

苏东坡通报姓名、说明来意之后，惠勤大喜。他早就听说苏东坡的大名，没想到今日竟见到了这位不世之才！惠勤连忙为东坡煮水煎茶，并吩咐身边的僧人道："去把辩才师的天竺茶取出，让学士品尝一下！"

不一会儿，茶入沸水，香气四溢。三人落座，一边品茶一边寒暄。惠勤首先向东坡介绍了另一位僧人惠思。原来，惠思也是一位有名的高僧，并且写得一手好诗。苏东坡对着惠思频频点首，并告诉了二僧在颍州看望欧阳修的详细经过。惠勤、惠思嗟叹许久，相约东坡待其通判任满之后，一起去颍州看望欧阳修。

东坡望着沸水中翻滚的茶叶，说道："真是好茶！敢问大师刚才所说的辩才师是何方人士？与这茶有什么关系？"

惠勤说道："学士有所不知。这辩才和尚，乃是天竺寺住持，法名元净，因其德行超众，文采四溢，声名遍播杭城，二十五岁时便得到皇上御赐紫锦袈裟一件，并赐号辩才。因为杭州天竺、龙井一带，云雾缭绕、土地肥绵、气候湿润，是极好的种植茶叶的地方，辩才大师便组织僧众在龙井寿圣院后面的狮峰山上广垦荒地、开辟茶园。果然所产茶叶品质极佳，加上辩才声名极好，前来品茶、拜访的人络绎不绝，人们便将这茶称为'天竺茶'，也有人称'白云茶'或'龙井茶'。今天苏学士品的这茶，正是今春辩才大师所赠天竺茶，它采于清明时节，狮峰山上，得天地之灵气，聚山林之精华，经高僧之点化，可以说是人间极品！"

东坡连连赞道："果然好茶！"并心下决定一定要去拜访这位得道高僧。

苏东坡的到来，给冬日寂寥的孤山带来了活力和笑声。"偷得浮生半日闲"，这一天，苏东坡与惠勤、惠思相谈甚欢。

冬日日短，不知不觉间太阳西斜。由于东坡刚到杭州，还有许多事情需要安排处理，再加上天寒路远，东坡担心仆夫们心里着急，便趁天还没黑向二僧告辞。待他走出孤山，回首再望时，但见冬云低垂，野鹰盘桓，暮色笼罩了上来。

回到家中，像做了一场梦一般的苏东坡，立即援笔作诗《腊日游孤山访惠勤惠思二僧》以记当日之游。

> 天欲雪，云满湖，楼台明灭山有无。
> 水清出石鱼可数，林深无人鸟相呼。
> 腊日不归对妻孥，名寻道人实自娱。
> 道人之居在何许？宝云山前路盘纡。
> 孤山孤绝谁肯庐？道人有道山不孤。
> 纸窗竹屋深自暖，拥褐坐睡依团蒲。
> 天寒路远愁仆夫，整驾催归及未晡。
> 出山回望云木合，但见野鹘盘浮图。
> 兹游淡薄欢有余，到家恍如梦蘧蘧。
> 作诗火急追亡逋，清景一失后难摹。

此诗一出，引来了友朋的热情呼应，纷纷作和诗以酬唱。他的表兄文同写诗和道："问子瞻，何江湖，乃心魏阙君岂无。胡为放浪检束外，日与隐者相招呼。"而东坡的挚友苏颂则在和诗中如此评价东坡："腊日不饮独游湖，如此清尚他人无。唱酬佳句如连珠，况复同好相应呼。"

的确，"如此清尚他人无"。腊日①在古代是一个重要的节日，在这样的节日里躲开自己的妻子和孩子，找个理由自己偷着乐，也只有东坡能做到。可见此时的东坡，虽人近中年，却还是一个大男孩的脾气。"名寻道人实自娱"，东坡之意不在僧，在乎西湖山水也。

然而，到了第二年，闰七月二十三日，六十六岁的欧阳修便走完了他生命的旅程，在颍州西湖之滨的私宅中去世。消息传来，东坡大为悲恸，再上孤山，与惠勤、惠思一起哭祭欧阳修，并写下《祭欧阳文忠公文》，文中怀念了恩师欧阳修对苏氏一家的恩情：

> 昔我先君，怀宝遁世，非公则莫能致。而不肖无状，因缘出入，受教于门下者，十有六年于兹。闻公之丧，义当匍匐往救，而怀禄不去，愧古人以忸怩。缄词千里，以寓一哀而已矣！

大意是说：当年我父亲苏洵怀才不遇，不为人知，如果不是被欧阳修这个伯乐相中，父亲苏洵不可能有后来的名声。而自己不才，有缘受到欧阳公赏识，受教于门下，算来已经有十六年了。听说欧阳公逝世的消息，按理应该前往奔丧，然而却由于公务在身，无法离开，真是愧对故人；只能写一篇文章，来表达哀思。

他评价欧阳修：

> 昔其未用也，天下以为病；而其既用也，则又以为迟；及其释位而去也，莫不冀其复用；至其请老而归也，莫不惆怅失望，而犹庶几于万一者，幸公之未衰。孰谓公无复有意于斯世也，奄一去而莫予追。岂厌世混浊，洁身而逝乎？将民之无禄，而天莫之遗？

这次哭祭，惠思写了一首诗，东坡依其韵和之：

故人已为土，衰鬓亦惊秋。
犹喜孤山下，相逢说旧游。

此后，东坡常与惠勤、惠思泛舟西湖，"世人骛朝市，独向溪山廉"，在山水间结下了深厚的友谊。再后一年的六月六日，东坡泛舟西湖后再至惠勤僧舍。惠勤正在读欧阳修的诗，东坡见到欧阳修的真迹，诵读其诗，怀念其人，禁不住泪流满面。他当即应惠勤之请，在诗尾写了一篇"后记"，后记中说：我还没有结识欧阳公之时，就已经读过欧阳公的诗作。后来经常与欧阳公往来，听欧阳公说起惠勤的为人，但还没有结识惠勤的机会。到了熙宁辛亥年，我到杭州任通判，经过颍州时，见到欧阳公，公屡屡叮嘱我到杭州后向惠勤致意。我到任没几天，就到孤山拜会了惠勤，我在诗中所写的"孤山孤寂谁肯庐，道人有道山不孤"，就是说的这件事。到了第二年闰七月，欧阳公在颍州逝世，而惠勤也在孤山下退老，不再出游。又过了一年，六月六日，我偶然间又到惠勤的住处，惠勤给我看这首诗，正是欧阳公的真迹，我读后，想到欧阳公的恩情，涕泪不止……

熙宁七年（1074），东坡离开杭州，历任密州、徐州、湖州太守；后乌台诗案发，东坡入狱，又贬谪黄州，经历了人生中的大苦难。元祐四年（1089），东坡再度来到杭州，知守钱塘，成为杭州的"一把手"。这年夏天，苏东坡到杭州后没多久，便到孤山寻访旧友。然而此时惠勤已圆寂多年，只见到惠勤的弟子二仲，以及其供奉的欧阳修和惠勤遗像。原先惠勤讲堂附近并无泉水，苏东坡访问后不久，讲堂之后、孤山之趾便流淌出一泓甘泉，泉水溢流，汩汩不绝。惠勤弟子说，这是师父在九泉之下出来慰问苏东坡的，便请苏东坡为泉水取名。

六一泉

　　苏东坡推想惠勤一生受恩师欧阳修的知遇，若此泉果真是惠勤的精灵所化，那一定是对欧阳修念念不忘的眷恋，便将此泉命名为"六一泉"，并写了《六一泉铭》：

　　　　泉之出也，去公数千里，后公之没，十有八年，而名之曰"六一"，不几于诞乎？曰：君子之泽，岂独五世而已，盖得其人，则可至于百传。尝试与子登孤山而望吴越，歌山中之乐而饮此水，则公之遗风余烈，亦或见于斯泉也。

　　有此铭文，惠勤的弟子们也做了一番工作：他们建造石亭，架于泉上，然后刻石勒文，置于亭中。此后，东坡在泉后筑庵，不时在庵中居住，缅怀故友，后人将此庵命名为"东坡庵"。绍圣、元符年间（1094—1100），苏东坡被贬惠州、儋州，还常常想起孤山南麓的"六一泉"："不似欧阳子，空留六一泉。"

　　元末，"六一泉"在战争中被毁。到明代，有个叫夏时正的人在"六一泉"故址垦荒涤垢，以图恢复旧观，然而很快又复荒废。此后几经兴废，直到 1983 年，杭州市政府重修石亭，"六一泉"得到了重修与保护。今天的"六一泉"，背靠孤山，南望西湖，与周围的景点相比，显得非常孤独。更为可惜的是，"六一泉"当年"汪然溢流，甚白而甘"的盛景已不再，灵性全无。它的旁边，有潘天寿的雕像，神态萧散地望着西湖。

> 湖两山孤，此处有泉可漱也；
> 天一地六，先生自号无说乎。

曾有后人为"六一泉"如此题对。然而如今，孤山不孤，湖已为三，先生已去，斯泉不再，何处再寻"六一泉"？

第二节　灵隐：东坡给耳聋道人送布匹

苏东坡去孤山访问惠勤、惠思二僧后没几天，就去了灵隐寺。

灵隐寺在灵隐山上。灵隐山原名稽留山，著名隐士许由、道士葛洪都曾隐于此山。后来又名虎林山，唐朝时因避唐太祖李虎讳，改为武林山。宋朝名相晏殊在《舆地志》中记载说，晋咸和元年（326），西天僧人慧理来到此山，看到一座山峰，叹道："这是中天竺国灵鹫山上的一座小岭，不知道哪一年飞到这里来了。佛陀在世的时候，它是很多仙灵隐居的地方，如今此处也是这样吗？"慧理因而定居于此，开始兴建灵隐寺，而这个小山峰，便被叫作飞来峰。

"溪山处处皆可庐，最爱灵隐飞来孤。"在苏东坡看来，杭州的湖山，处处都可结庐而居，但唯独飞来峰是心中最爱。

灵隐寺周围峰峦挺秀，林木葱茏，既有人文富庶的文化之美，又有鬼斧神工的山川之美。特别是灵隐寺的飞来峰，留下了许多禅机故事，也让灵隐寺这个佛教圣地名闻天下。苏东坡到来之时，灵隐寺的规模虽然已经不如五代之时，但繁华盛况不减当年。苏东坡亲眼见到上千僧人在高堂会餐，亲耳听到梵音佛号声振林木。灵隐寺乔松百尺，柳蒲丰茂，真是一个好去处！在这所古老寺院里，如果在僧房的地毯上小睡一会儿，在徐徐吹来的清风中醒来，那感觉一定会超过传说中的羲皇和几蘧了。

"泉自几时冷起；峰从何处飞来。"如今的飞来峰下，有一小亭，亭上有明代著名书法家董其昌的这副对联。这个小亭，就是冷泉亭。冷泉亭丹柱黛瓦，绿树掩映。唐代诗人白居易曾经写过《冷泉亭记》，说它"山树为盖，

"多为仙灵所隐"的灵隐山

岩石为屏，云从栋生，水与阶平"，在夏天的夜晚，"泉淳淳，风泠泠，可以蠲烦析酲，起人心情"。白居易的这篇冷泉亭"广告"，让冷泉亭天下闻名。据说"冷泉亭"匾额原是白居易所题，到北宋时，"亭"字已经漫漶不清，苏东坡常至冷泉亭玩赏，有一次一时兴起，挥毫补上了这个"亭"字。冷泉亭从此完璧，苏东坡、白居易这杭州历史上两位伟大的"市长"，携手完成了西湖的一个佳话。

今天灵隐寺大雄宝殿里有一副对联：

古迹重湖山，历数名贤，最难忘白傅留诗，苏公判牍；
胜缘结香火，来游初地，莫虚负荷花十里，桂子三秋。

对联的上联，说的是苏东坡深爱灵隐，甚至判案决狱，都不愿在府衙中进行，常常离开衙门，到灵隐寺的山间来。据说，东坡常常先让随从打着他的旗号，从钱塘门出去；而自己则带着一二老兵，从涌金门下船，泛舟到孤山普安寺，吃过午饭后再与随从会合，到灵隐天竺一带遨游。有时他带着文书公案，在冷泉亭据案判决，纷争诉讼，谈笑而办，表现出诗人率性而为的性格。

熙宁七年（1074）秋，苏东坡杭州通判即将任满。东坡知道，他在杭州的时间不多了，他要在最后的日子里再去一次灵隐。这一次，他去的是灵隐寺北高峰上的高峰塔。

北高峰在灵隐寺后山，高峰塔是唐代天宝年间（742—756）所建，高七层。明代田汝成《西湖游览志》记载："塔居峰顶……东瞰平芜，烟消日出，尽湖山之景；南俯大江，波涛洄洑，舟楫隐见杳霭间；西接岩窦，怪石翔舞，洞穴邃密。"

此时的杭州，"秋老虎"虽尚未退去，但毕竟是秋天了，早晨已有凉意。日出之时，朝阳穿过雾霭，草木散发出芳香。苏东坡举足向山上攀登，但见山路又高又长，路边古松怪石，山下鸟飞云翔。登上山顶，举目远眺，吴越风光尽收眼底。

站在北高峰上，苏东坡环望杭城，万千思绪涌上心头：此处东南形胜，多少诗酒风流！屈指算来，自己通判杭州已有六百多个日夜。在这里，温婉而热情的杭州百姓，给了自己太多的慰藉，而西湖的一方山水，又给了自己太多的诗思。

苏东坡在即将离开杭州的日子里，心中深深感念杭州的山水与百姓。正在此时，山石后面转出一个老人，身着道服，衣衫褴褛，步履蹒跚。东坡见状，便想与老道攀谈几句，忙呼道："老丈，老丈，请留步！"

不想那老道却不予理睬，继续蹒跚着前行。

有仆从见状，连忙快步赶上，扶住老道人。老道人见有人将其扶住，一脸的迷茫不解。

此时苏东坡已经走到老道人面前，拜了一拜，道："老丈可好！您要去哪里？"

老人看着苏东坡，指了指自己的耳朵说："我老啦！听不见！"

原来是个耳聋道人。苏东坡本想与其攀谈一番，见其年高耳聋，一时竟不知该如何是好。

道人见东坡长官模样，也便絮叨起来，说自己久在

春淙亭

壑雷亭

山中，少逢人影，住在山洞里，早已忘记了岁月，竟不知自己年龄几何。又说自己老病交加，缺医少药，对于世界已别无所求，老天爷想什么时候把自己收回去就收回去吧！

东坡听道人说他住在山洞里，便吩咐仆从一起跟着道人，到了道人的山洞。只见山洞里除了一张藜床和一床又黑又硬的破被外，别无他物。东坡见此场景，一阵心酸，不想自己治下，尚有如此又老又穷的百姓，不觉心下惭愧。当即掏出若干银两，吩咐仆从，购买若干布匹衣被以及米面食品等物，送给道人，以免其被霜冻所侵。

热爱的事物，一定会走进记忆，走进梦里。苏东坡离开杭州后，对西湖山水，对灵隐风光一直念念不忘，也常常想起北高峰上这位又聋又穷的老道人。许多年后，苏东坡在自己的《东坡志林》中写道："灵隐寺后高峰塔，一上五里，上有僧，不下三十余年矣，不知今在否？亦可一往。"

东坡离杭后，还写过一首描写灵隐的诗：

灵隐前，天竺后，两涧春淙一灵鹫。
不知水从何处来，跳波赴壑如奔雷。

后人在灵隐寺前建有两座亭子，就根据东坡此诗，将其命名为春淙亭、壑雷亭。春淙亭在合涧桥上，合涧桥是灵隐寺前的南、北两涧溪水汇流的地方。壑雷亭在冷泉亭东侧，是南宋时所建。汛期泉水猛涨时，游人可以听到溪水发出的雷鸣般的响声。

不过，今天的壑雷亭，是清朝末年重建，中华人民共和国成立后修建的。而春淙亭，由于原亭已于明代损毁，再加上水土流失，现在桥上已听不到当年溪水淙淙的天籁之音了，唯有桥亭石柱上，还有集李白和苏东坡、苏辙三位诗人的诗句所拟成的对联：

山水多奇踪，二涧春淙一灵鹫；①
天地无凋换，百顷西湖十里源。

①"二涧"句出自前文所引苏东坡《闻林夫当徙灵隐寺寓居戏作灵隐前一首》，"二"原诗作"两"。

第三节　吴山："有美堂"占尽杭州风光

　　　　　　　吴山青，越山青，两岸青山相对迎。争忍有离
情。　君泪盈，妾泪盈，罗带同心结未成。江边
潮已平。

　　这首名为《相思令》的小词，是宋代著名诗人、隐士林逋林和靖所作。词中的吴山、越山，指的是钱塘江南北两岸的山，江北属吴，江南为越。而今天的杭州吴山，则是特指钱江北岸、西湖南岸、东接城市、西邻凤凰山的吴山。相传金主完颜亮读到柳永《望海潮》一词后，艳羡于杭州的"三秋桂子，十里荷花"，遂起投鞭渡江之志，要"提兵百万西湖上，立马吴山第一峰"，也就是说要征服南宋京城临安。

　　吴越国时，钱镠在吴山最高处建有江湖亭，亭上可以左眺钱江，右瞰西湖，杭州胜景，尽收眼底。宋仁宗时，后来成为宰相的梅挚出守杭州，宋仁宗赐他一首诗说杭州："地有吴山美，东南第一州。"梅挚到杭州之后，把江湖亭改建，以仁宗的诗语取名为"有美堂"，并请文坛领袖欧阳修写了一篇《有美堂记》，请大书法家蔡襄用心抄写。在这篇文章中，欧阳修称"独所谓有美堂者，山水登临之美，人物邑居之繁，一寓目而尽得之。

〔宋〕欧阳修《欧阳文忠公集·有美堂记》书影

盖钱塘兼有天下之美，而斯堂者，又尽得钱塘之美焉"。此后，吴山声名更是远播四海，士大夫来此观光旅游者，无不在堂壁上题诗作赋。

苏东坡通判杭州，其官府就在吴山旁边的凤凰山，吴山举步可至。

熙宁五年（1072）的一天，知州陈襄送湖州知州孙觉去湖州，便将印信交给了通判苏东坡，要其代理知州职务五六天。此时杭州政简人清，东坡暂代陈襄职务，一连数天都无大事。正觉百无聊赖之际，忽然，贾收贾耘老带着五六个湖州诗友赶到，要请苏东坡给他们当一回裁判。

原来，贾收与这几位是多年诗友，号称"吴兴七子"，数年前曾同来杭州游玩，在有美堂上题诗比赛，规定每人写一首七律，写得最好的将被推为湖州诗坛盟主，写得最差的则出钱请客。没想到诗写完后，大家互不服气，各说自己的好，结果"盟主"没选出来，饭钱也只好AA制了。如今三年过去，诗已经改了许多次，但依然难分高下。这次他们听说大文豪苏东坡通判杭州，便趁陈襄不在的空隙，请苏东坡为他们定评。

听到要他评诗，苏东坡来了劲头，他连忙将州府的事情交给杜子方等人，自己带领贾收等，登上有美堂，一边命人煮茶，一边商定评价标准：由书童抄写各人诗作，隐去姓名，封存一边，再请词人张先来做个见证。

过了不久，张先驾到。众诗人各将名刺递给苏东坡和张先。东坡深知七子都是穷秀才，便吩咐仆从安排了一桌丰盛的午宴，然后拿过那些诗篇，与张先一起逐首推敲。等到饭菜上桌，东坡与张先甚为一致的意见已经出来了。

张先虽年已八十，但仍然十分健朗。只见他起身将那诗挂在壁上，朗声念道：

> 自刊宸画入云端，神物应知护翠峦。
> 吴越不藏千里色，斗牛尝占一天寒。
> 四檐望尽回头懒，万象搜来下笔难。
> 谁信静中疏拙意，略无踪迹到波澜。

话音刚落，湖州七子中的钱芒就提出异议："苏学士，张老前辈，学生不太明白，拙作中的'钱江万里身边过，银海千顷眼界开'，比这诗更有气势，大人为何视而不见？"

东坡笑道："钱塘江总长也就几百里而已，'万里'之说有何根据？夸张也须有度，若是摹写大江倒是合适，何况'身边过'一词平平无奇；再者，把西湖比喻成海，已是非常牵强，又以'银'对'钱'，这铜臭气息，也太重了吧？"

众人听言，哈哈大笑。笑声中，一人忽道：

"学生用'绿水弄晴浓雾解，翠峰戏影碧波闲'，难道不是如先生所言'状难写之景，如在目前'？学生认为比'万象搜来下笔难'一句，高出不少，如何您也不予首肯呢？"

"写景要有依据。天要放晴，必须日出，日出才解浓雾，浓雾不解，绿水如何弄晴？您这是颠倒了因果。后一句不错，可是'戏影'二字，却有借用张老前辈'云破月来花弄影'的嫌疑，你前句便用一个'弄'字，张老没打你算是手下留情了。"苏东坡侃侃而谈，兴味盎然，秀才们深为佩服。

此时张先笑道："秀才们，摹写佳景要既得其理又传其神，没有几年的苦功夫是做不到的。苏学士喜爱'万象搜来下笔难'，正因为它不是强作。寻章摘句，有时不如以虚写实。'吴越不藏千里色，斗牛尝占一天寒。'这首诗虚实结合，气象万千，视野阔大，气势雄伟，写出了吴山周围峰峦耸翠、高入云端的如画景色。四檐望尽，气象万千，搜求过往所学，却难以下笔描摹。这是它胜出的主要原因。"

秀才们听到这里，无不叹息，既叹自己的才气不够，又叹自己能有幸听到当今两大文豪的教诲。

苏东坡见他们无话可说，这才问道："这是谁的大作？快出来充任盟主，今天的酒宴，由他发号施令！"

贾收站了起来，对着各位再三施礼。于是酒宴大开，觥筹交错。东坡、张先与湖州七子畅谈诗词文章之法，不觉日已偏西。

正当此时，忽听到一声巨雷在半山腰炸开，仿佛就炸在自己的脚底。霎时间，乌云密布，狂风呼啸，山下钱塘江水在夏日骤风的裹挟下，似乎要竖立起来；紧接着，瓢泼大雨从江上直奔吴山而来。此时，江水汹涌，就像斟满的美酒要溢出金樽；雨声乒乓，如同千锤敲击的羯鼓声声，催促战士上阵。

目睹这一壮观景象，张先带着酒意，大声喊道："吴兴七子，快让苏学士写诗，过了这一村可没这一店了！"

贾收等人听了，急忙拿过纸笔，接着静静地围在一起。但见东坡稍作停留，便龙飞凤舞起来：

> 游人脚底一声雷，满座顽云拨不开。
> 天外黑风吹海立，浙东飞雨过江来。
> 十分潋滟金樽凸，千杖敲铿羯鼓催。
> 唤起谪仙泉洒面，倒倾鲛室泻琼瑰。

原来东坡早就想道：当年唐玄宗李隆基在沉香亭畔品酒赏花，想叫李白即席作诗，不巧李白酒醉未醒，只得命人在他脸上泼洒清水让他醒过来。今天这忽然而来的暴雨，难道是天帝学习唐玄宗，翻江倒海来唤醒他，以便让他写出琼瑶美玉一样的好诗？因此他略一沉吟，一首七律便一挥而就。

这首《有美堂暴雨》，是苏东坡诗作中的名篇。全诗雄奇俊发，想象奇绝。东坡收笔之际，满座叫绝之时，这次雨中的聚会，因了苏东坡的这首诗而达到高潮。

第四节 钱江潮：考试要紧，还是看潮要紧？

纵情山水，只是苏东坡杭州生活的一部分。

> 某此粗遣，虽有江山风物之美，而新法严密，风波险恶，况味殊不佳。退之所谓"居闲食不足，从官力难任。两事皆害性，一生常苦心"，正此谓矣。

在给王庆源的信中，苏东坡这样写自己内心深处的苦闷。虽然离开了纷扰的京城，但他忘不了自己是在与新法的斗争中被泼了一身污水才愤而离京的，因此刚到杭州没多久，就给弟弟苏辙写了两首诗发牢骚，其中一首写道：

> 眼看时事力难任，贪恋君恩退未能。
> 迟钝终须投劾去，使君何日换聋丞。

苏东坡是因与新法斗争而来到杭州的，所以对于新法的执行，就有所抵触，采取了一种不合作的态度。

熙宁五年（1072）七八月间，苏东坡受命主持杭州的乡试，考场就设在望海楼。

苏东坡反对王安石对于科举取士的变法，并曾写长文逐条反驳，但最终无济于事，科举新法还是于熙宁四年（1071）二月公布施行。从此罢废明经诸科，罢进士之试诗赋，只考《易》《诗》《书》《周礼》中的一经，兼顾《论语》《孟子》。

苏东坡认为，以前考生考试前，无不遍读五经，由于自小就学，又要经常温习，所以终老不忘。而如今人们只选一经来读，其他的就算读了，也不会精读，而且教授经书的人，也未必通晓五经，造成"试经而经亡"的后果。这样的考试怎能选拔出真正的人才？然而监考又是职责所在，不能推辞，于是东坡就玩起了消极怠工，把监考当成了度假，每天在望海楼上看钱塘江潮起潮落，在试院中生火煎茶，在中和堂闲坐，正如他给范梦得的信中所说的那样："渐觉快适。"

北宋时，凤凰山上的望海楼与吴山上的七宝峰、安济亭，都是城内观潮的好去处，而尤以望海楼为最。望海楼又称东楼，建于唐武德七年（624），高十八丈，在凤凰山南侧山腰，州府治所中和堂之北。由于这里视野开阔，南望钱江，一览无余，诗人墨客们常常在这里登高望远，吟诗作赋；每年农历八月中旬，就在这里赏月观潮。

这一次，东坡写了《望海楼晚景五绝》，其中两首写钱江潮：

> 海上涛头一线来，楼前指顾雪成堆。
> 从今潮上君须上，更看银山二十回。

> 横风吹雨入楼斜，壮观应须好句夸。
> 雨过潮平江海碧，电光时掣紫金蛇。

这"五绝"诗是寄给朋友范梦得的，苏东坡在给他的信中说："某旬日来，被差本州监试，得闲二十余日。日在中和堂、望海楼闲坐，渐觉快适，有诗数首寄去，以发一笑。"

可以确信，这是苏东坡第一次观潮。东坡从小生长于巴山蜀水的内陆之地，见过江水奔腾，却未见过潮水拍岸。在来到杭州之前，他的足迹所到之处，主要是故乡眉山到京师开封一线，此外就是凤翔，然后是从京师到杭州一线，三十多年间未曾到过海边，从未见过海潮，也更谈不上这天下唯一的江潮了。不过，虽然此前未曾亲眼见过钱江潮的澎湃壮观，但博闻多识的东坡，想必一定读过他的前辈诗人潘阆的词作："长忆观潮，满郭人争江上望。来疑沧海尽成空，万面鼓声中。　弄涛儿向涛头立，手把红旗旗不湿。别来几向梦中看，梦觉尚心寒。"这词作描述的钱塘江潮的壮观景象，一定激荡过年轻的苏东坡的心灵。而自从到了杭州，杭州人对观潮的热情也一定会感染到他。

《望海楼晚景五绝》之一诗意图

然而，按照惯例，州府解试都要于八月十五中秋节这天放榜。这一年考生特别多，在千人以上，眼看考卷如山，来不及如期出榜。最重要的是，八月十八日的钱江大潮观潮日马上就要到了，就算中秋节来不及放榜，也不能错过了八月十八的观潮啊！苏东坡心里一急，就写了一首诗催促考官加快批卷的进度。他说，欣赏八月十五中秋的月色，无论是在穷人住的茅屋中，还是在富人住的市楼里，都是美好的，更何况在我们蓬莱仙岛一般的官舍里，有野橘飘香，有荷花渐老，这样的景色你们是看得到的；但是八月十八的钱江潮，可是难得一见的壮观啊，希望你们加班加点，早日放榜，我等你们等得可心焦了！为了"诱惑"考官，苏东坡对钱江大潮进行了描述：

> 八月十八潮，壮观天下无。
>
> 鲲鹏水击三千里，组练长驱十万夫。
>
> 红旗青盖互明灭，黑沙白浪相吞屠。

据宋代吴自牧《梦粱录》记载，每年八月，钱江潮"怒胜于常时"。杭州人从八月十一就开始观潮，过了八月十五中秋节，到八月十六、十七，杭人倾城而出，车马纷纷，到八月十八这天达到最盛。这一天是传说中的潮神生日，杭城十万人家，男男女女都盛装打扮，从庙子头直到六和塔，绵延数十里，家家楼屋，都被皇亲贵族等豪贵人家租赁，用来看潮。

八月十八的观潮日所"观"的，并不仅仅是潮水，激动人心的还有到潮前操练的江南水军和"手把红旗旗不湿"的弄潮儿。按照当时的风俗，潮水到来之前，朝廷命官要于钱塘江上检阅水师，祭奠潮神。而当潮水排空而来时，那些披发文身的弄潮儿，争先恐后跃入江中，手执红旗，在潮头引领开拓。前面是健儿红旗如万马争先，后面是潮水奔腾如万鼓争鸣，其场面之壮观，视野之开阔，真是天下奇观。周密在《武林旧事》中的描述，也可以拓展我们的想象："吴儿善泅者数百，……手持十幅大彩旗，争先鼓勇，溯迎而上，出没于鲸波万仞中，腾身百变，而旗尾略不沾湿。"

更为重要的是，这样的场面，会给人一种昂扬向上的激越情怀，是一种难得的人生经历。正因为此，苏东坡的诗作中，贯注了一种豪迈的、"鲲鹏水击三千里"的生命意象。我们甚至可以说，在这里，苏东坡词风的豪迈因子，已现端倪。

经此催促，考官们日夜加班，终于在八月十七日放榜。这一天，苏东坡再登望海楼，远望钱江，期待看到第二天的大潮：

天台桂子为谁香，倦听空阶点夜凉。
赖有明朝看潮在，万人空巷斗新妆。

对钱江潮这一"壮观天下无"的景象，显然值得一观再观。特别是大潮之日，正是中秋之时。潮水，月色，水月相映，海天无涯，造物者安排的奇幻广阔景观，可以让诗人驰骋想象，飞跃神思。因此，在第二年（1073）的中秋，又是观潮佳节到来之时，苏东坡与太守陈襄一起来到早已选好的观潮点。这时正是黄昏时分，落日斜照，江边聚集了成千上万的观潮者。歌鼓激越，笑语喧哗。几百名年轻健壮的弄潮儿，手持彩旗，在堤岸上活动筋骨，抖擞精神，做着弄潮前的热身准备。忽然，远处江面上出现了一线银白，滚滚而来，顷刻之间，潮水汹涌，如成堆的积雪扑面。此时的弄潮儿们已经下水，勇立在潮头冲浪，就像当年东晋的数万士兵齐声怒吼，顺流而下直取建康。惊涛拍岸，直上云霄，江畔高耸的青山，都似乎被浪花吞没……此时的苏东坡，心潮澎湃一如这钱江潮涌，他提笔挥毫，一口气写下五首绝句，其中一首写道："万人鼓噪慑吴侬，犹是浮江老阿童。欲识潮头高几许，越山浑在浪花中。"

这里需要特别说明的，是其中的第四首：

吴儿生长狎涛渊，冒利轻生不自怜。
东海若知明主意，应教斥卤变桑田。

苏东坡写这首诗，有一个背景，那就是他在这首诗下面的一个自注："是时，新有旨，禁弄潮。"苏东坡来杭州，是由于反对王安石变法，而遭受政敌的排挤。名为"外放"，实际上有贬谪的意味。王安石实施新政后，一些弊端也开始暴露出来，这就增强了苏东坡对新政的不满情绪。

比如，吴地男儿冒着生命危险出没浪涛，随波逐流，有时会被潮水卷去，葬身江底。他们之所以"冒利轻生"，主要还是为生计所迫。宋神宗在推行新法过程中，曾经发布禁令，禁止这种弄潮习俗。颁发这种政令的出发点是好的，但却也阻断了这些弄潮儿的生计。如果这些身强力壮的年轻人能够耕种自食，他们就不会置生命安全于不顾。所以苏东坡说，如果东海龙王理解神宗禁止弄潮的意图，就该教盐碱地变为桑田，那么这些弄潮儿便能耕种自食，不会再冒利轻生了。

苏东坡没有想到的是，数年后，这首诗会成为他的罪状之一。元祐四年（1089），政敌舒亶在弹劾苏东坡的奏章中，称此诗为攻击"陛下兴水利"，最终将东坡送进了御史台的监狱。

事实上，这次苏东坡在写了五首绝句的同时，还写了一首词《瑞鹧鸪·观潮》：

> 碧山影里小红旗，侬是江南踏浪儿。拍手欲嘲山简醉，齐声争唱浪婆词。　西兴渡口帆初落，渔浦山头日未敧。侬欲送潮歌底曲，樽前还唱使君诗。

如果说《五绝》只是综括地写看潮时所见所感，显得既深厚又驳杂的话，那么这首词就聚焦于大展身手的弄潮儿：远处是青山一线，江潮从那儿汹涌而来，影影绰绰地，江面上闪现出一面面鲜艳的小红旗，原来是万顷碧波中自由的水上健儿。这些踏浪水手齐声争唱拜浪婆的歌词，就连晋代山简那样的名士也会相形逊色。水上的表演已经持续数个时辰，西兴渡口的船帆刚刚降下，渔浦山头的红日也正在西斜，而东坡依然手持酒杯，唱着陈襄太守写的诗。

苏东坡是个热爱大自然的人。江山风月，雨雾雷电，都能在他的心中留下长久的回响。而钱江秋潮这一天下无双的瑰丽景象，更深深地刻在了他的记忆中。后来，苏东坡远谪惠州，在浴日亭看日出时，又想到钱江大潮的壮观景象："坐看旸谷浮金晕，遥想钱塘涌雪山。"由太阳初升的雄奇，想到钱江潮涌的壮丽，大自然的美景，就这样深刻地印在了诗人的记忆里。

第五节 望湖楼：他在这里写的诗，后来选入了中小学课本

"诗酒趁年华。"苏东坡第一次来到杭州时已经三十六岁，但他沉浸在西湖的山水风月之中，心灵受到西湖的滋润，就像春天的孩童，对一切都感到新鲜、新奇，也充满了对大自然的好奇与想象。

当时杭州的官府，在凤凰山麓。左倚钱江，右靠西湖，远眺则群山连绵，近观则一水澄碧。对这一方山水，苏东坡爱之难舍。无论花朝月夕，雨雪阴晴，一有时间，他就与朋友们相携赏湖。有时觉得不过瘾，甚至连办公地点也搬到湖边，一边欣赏风景，一边处置公务。

"夏潦涨湖深更幽，西风落木芙蓉秋。飞雪暗天云拂地，新蒲出水柳映洲。"这是苏东坡眼中的西湖四季，他说"湖上四时看不足"，只是人生如浮萍漂浮不定，不能永远守着这一湖碧水。

春夏秋冬，朝午暮夜，西湖的景致，四季有四季的风光，朝暮有朝暮的不同。不过，苏东坡最爱的，还是"夜西湖"和"雨西湖"。

先说夜西湖。

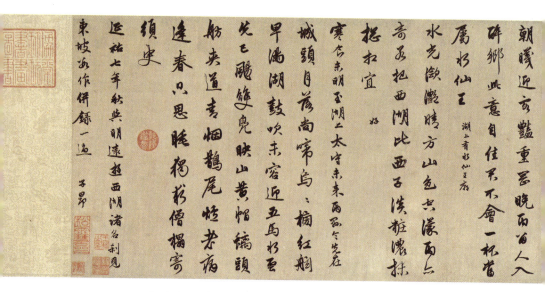

〔元〕赵孟頫《书苏轼西湖诗卷》

北宋时的西湖有座望湖楼，又名看经楼、先得楼，是乾德五年（967）忠懿王钱俶所建，离钱塘门有一里路的距离，是当时眺望西湖的佳处。

> 新月如佳人，出海初弄色。
> 娟娟到湖上，潋潋摇空碧。

东坡喜欢在望湖楼上，看西湖上新月初升，如二八佳人晚妆初成，在深碧的夜空中，优雅地徜徉……在宋代，官府有明文规定，西湖为放生池，禁止捕鱼，以为皇帝祈福。苏东坡喜欢在月明之夜，逍遥自在地在西湖上泛舟，悠闲地斜靠在船上，看成群的鱼鳖逐波而来，看盛放的荷花随风摇曳，袅袅婷婷。湖畔青山随小船的起伏而起伏，天上明月随小船的徘徊而徘徊。

熙宁五年（1072）七月初的一个夏夜，苏东坡从望湖楼登舟泛湖，彻夜不眠，写下五首绝句：

夜泛西湖

新月生魄迹未安，才破五六渐盘桓。
今夜吐艳如半璧，游人得向三更看。

三更向阑月渐垂，欲落未落景特奇。
明朝人事谁料得，看到苍龙西没时。

苍龙已没牛斗横，东方芒角升长庚。
渔人收筒及未晓，船过惟有菰蒲声。

菰蒲无边水茫茫，荷花夜开风露香。
渐见灯明出远寺，更待月黑看湖光。

湖光非鬼亦非仙，风恬浪静光满川。
须臾两两入寺去，就视不见空茫然。

这五首绝句，每一首最后一句的主题词成为下一首绝句的开头两字，称为"蝉联格"。章法联络不断，虽然是五首绝句，但应该将其视为一个整体。这个"整体"，表达的就是苏东坡在盛夏时节的夜晚，在荷花盛开的季节，在西湖作彻夜之游的情景：他在暮色降临、明月将出之时，开始泛舟。这是农历初五六的新月，像半环玉璜，吐着清艳的光芒。夜到三更时，新月西垂，天光山色与湖水夜月交映，景致更为奇特。等到东方七星隐没，启明星便闪烁起光芒。天色未晓，夜钓的渔人开始收起渔具回家，小船划过时，只听到湖水激荡的声音。此时湖水茫茫，只有荷花在夜色中开放，风吹荷香，弥漫四周……

在这五绝中的最后两首，苏东坡提到了"非鬼亦非仙"的"湖光"，湖光怎么跟鬼、仙扯上关系呢？这要从其他的典籍中寻找解释。

南宋周密在《癸辛杂识》中写到一则笔记说，在西湖四圣观前面的水域，每天到了黄昏之后，就有一只灯浮在水面上，呈现出青红相间的颜色，这只灯会从施食亭的南面荡游至西泠桥，之后再返回。越是遇上阴雨天气，灯光越亮；月光明亮的夜晚，则会稍微黯淡一些；若是遇到雷电交加时，此灯甚至会与电光争相闪烁。周密还说他本人的住所，在积庆山的山顶，每天晚上都能看到这奇怪的灯光，看了二十多年，从来没有出现半点差误。

周密是南宋末年人，距苏东坡的时代不到两百年。他在杭州居住过二十多年时间，其说值得信任。周密所说的"其色青红""风雨中光愈盛，月明则稍淡，雷电之时则与电争光闪烁"的神秘灯光，大致范围就在今天湖心亭到西泠桥的一片水域，也正是苏东坡所说的"非鬼亦非仙"的湖光。

这一点，在清代陆次云的《湖心亭》一文中得到了确认：

夜半忽见波上有红灯一点，明灭雨中，往来不定。昉思笑曰："意者所谓：'不愁明月尽，自有夜珠来'矣。"余曰："非也。旧志所载，宋时四圣观前，晦夜每见一灯浮起，至西泠桥畔而返，风雨中其光愈盛，月明稍澹，震雷时与电争明，此湖光也。苏长公有'湖光非鬼亦非仙'句。今之所见，毋乃即是。"

苏东坡夜泛西湖，不带歌女，不携美酒，为的就是一睹这"湖光"奇观。这是对大自然永怀好奇心的诗人的情怀，是一般俗人做不到的事。正因为此，明代文学家、竟陵派创始人之一的谭元春评论说："月黑看湖光，才是看西湖法眼……夫黑中光事，真湖光也。"

苏东坡对夜色中的西湖十分热爱。熙宁六年（1073）二月，苏东坡去富阳新城视察，免不了在应酬时与人饮酒赋诗。然而，苏东坡酒量不大，"饮不尽器"，喝到半醉乘兴而归。此时正是春日的黄昏，春风拂面，竟有一丝让人舒爽的清凉。到达孤山之西的时候，已是暮色苍茫。东坡诗兴大发，随行随吟，可是此时的他总是惦记着西湖边有一处梨花村，想着去看那一树如雪的梨花，却因此将前面吟诵的诗句给忘了……这种生命的体验对苏东坡来说十分美好，他后来写了一首《湖上夜归》记录此事，还写道："入城定何时，宾客半在亡。睡眼忽惊矍，繁灯闹河塘。市人拍手笑，状如失林獐。"

再说雨西湖。

熙宁五年（1072）六月二十七日，苏东坡登上望湖楼，喝了一点小酒后，就在醉意阑珊中，再写五首绝句。其中一首写道：

〔清〕钱维城《西湖晴泛诗意图卷》

〔清〕钱维城《西湖雨泛诗意图卷》

黑云翻墨未遮山，白雨跳珠乱入船。
卷地风来忽吹散，望湖楼下水如天。

云涌时如打翻了墨汁，下雨时水面一片白茫茫如珠玉跳动，风起云散，雨后的西湖，水天一色，格外清新。如今，这首绝句还被编入中学课本，成为中小学生必背的古代诗歌之一。

风清月明，朗日晴空固然是西湖之美；乌云压城，风狂雨骤也未必不是西湖之奇。夏日的暴雨，来得急，

去得快，"白雨跳珠乱入船"，"卷地风来忽吹散"，写景状物，十分新奇。清代纪昀评论说："阴阳变化开阖于俄顷之间，气雄语壮，人不能及也。"

这样的"跳珠"，一如钱塘江潮、月夜湖光一样，是苏东坡念念不忘的杭州奇景。元祐四年（1089）八月，苏东坡再次来到杭州任知州时，与同年莫君陈在西湖上饮酒，恰逢一场大雨，苏东坡想起了十几年前写的这首诗，于是又作一首：

到处相逢是偶然，梦中相对各华颠。
还来一醉西湖雨，不见跳珠十五年。

西湖之美，当然不只是夜西湖、雨西湖。"春来濯濯江边柳，秋后离离湖上花。"西湖的万种风情，怎能不令苏东坡深深沉醉？

水光潋滟晴方好，山色空蒙雨亦奇。
欲把西湖比西子，淡妆浓抹总相宜。

这一首《饮湖上初晴后雨》，以浅显易懂的语言和新鲜贴切的比喻，将西湖的诗情画意进行了完美传神的描绘，从而成为千古绝唱。

"欲把西湖比西子，淡妆浓抹总相宜"，在华人圈里，可谓妇孺皆知，举世闻名。苏东坡之前，西湖本无定名。郦道元在《水经注》中称之为"明圣湖"；唐人传说湖中有金牛，称为"金牛湖"；白居易治湖，筑石函泄水，百姓因敬爱太守而称"石函湖"；宋初又称"放生湖"；苏东坡此诗一出，"西湖""西子湖"遂成为定名，就连《大英百科全书》介绍西湖的得名，也是引译的这两句。

西湖景色的美丽是有目共睹的。昔人有云："漫因莺燕夸相识，辄向湖山唤奈何。"遇上好风景辄唤"奈何"，用今天的白话说就是"拿你怎么办"；因为大自然的山水往往美得使人手足无措，用语言无法将种种感受表达。东坡的这首名诗，至少让今天的游客们在面对西子湖的美丽时，不至于骨鲠在喉，憋不出一句合适的语句来。就凭此，我们也该深深感谢东坡。东坡因此十四字成为"西子湖"的命名者，日后又在天堂似的人间胜景中留下了以其姓氏命名的苏堤，可以说是诗人最大的荣幸。

　　不过，一首诗写得太好了，独占鳌头，往往会让后人没法再写。传说李白到了黄鹤楼，想题咏一首，看了崔颢的诗作后，就不题了，在黄鹤楼上写下一首打油诗："一拳捶碎黄鹤楼，一脚踢翻鹦鹉洲。眼前有景道不得，崔颢题诗在上头。"掷笔而去。西湖也是如此。南宋武衍《正月二日与菊庄汤伯起归隐陈鸿甫泛舟湖上》有句云："除却淡妆浓抹句，更将何语比西湖。"无奈之情，跃然纸上。

　　《饮湖上初晴后雨》原作有两首，第一首是："朝曦迎客艳重冈，晚雨留人入醉乡。此意自佳君不会，一杯当属水仙王。"这一首的知名度大不如后一首，但它紧扣着题中的"饮"字，介绍了诗作的背景，包括"湖上"的具体所在，即水仙王庙附近。水仙王庙在孤山南麓，与林逋祠堂相近，所以东坡《书林逋诗后》有"不然配食水仙王"的联想。如此说来，应该是在今天的平湖秋月附近。从这里望见的"重冈"，便是今天南山路到虎跑路一带的山峦。当时苏堤还未建造，湖眼山眉尽在望中，确是一个极好的观景点。

　　好诗最易惹人说。这首诗后来还有个"公案"。有喜欢钻牛角尖的人问：晴光潋滟说的是晴西湖，山色空蒙说的是雨西湖，后面"淡妆浓抹"是承"初晴后雨"的实景说的，那么，晴西湖和雨西湖，哪个算"淡妆"？哪个算"浓抹"？对这个问题，一种意见主张雨天为淡妆，因为山色空蒙，比如后来的南宋诗人陆游《湖中微雨戏作》就说："莫言老子无人顾，犹得西施作淡妆。"另一种意见相反，以为晴西湖的透明度更高，几乎是不着脂粉。事实上，东坡的比喻，是遗貌取神，并非为西湖拟定妆名。晴有晴的秾纤，雨有雨的风韵，水光山色，各自有"淡妆浓抹"的姿态，但使人心领神会而已。

再后来，有人将这其中的一句，与东坡另一首诗的一句，集为一联：欲把西湖比西子；从来佳茗似佳人。晚清时代，藕香居茶馆便挂着这样一副对联。本地风光，令人神往，不过西湖如今风景依旧，林立的茶馆中，却是佳茗昂贵，佳人难寻。

第六节　牡丹："你不来，它不敢开"

　　如今杭州新华路南面不远处有条长庆街，北宋时这里叫北桥巷。当时这一带叫安国坊，坊内有座吉祥寺，寺里有个叫守璘的和尚，在院里辟了一大块土地，搞了一个很大的牡丹花圃。圃中栽培的牡丹有近百种，株数以千计，暮春时节，花开万朵，真当是姹紫嫣红。

　　宋代文学家周敦颐在《爱莲说》中就说过："水陆草木之花，可爱者甚蕃。晋陶渊明独爱菊。自李唐来，世人甚爱牡丹。"唐代以来，牡丹的"发烧友"层出不穷。唐朝李肇在《唐国史补》中就说当时的人们赏牡丹花，"每春暮，车马若狂，以不耽玩为耻"。在中唐，著名的宰相裴度，临终前还叫人把自己抬到牡丹丛前，说："我不见此花而死，可悲也。"一个宰相，希望死在牡丹花下做风流之鬼，可见牡丹的声名，当时超过任何花种。到了宋朝，文人士大夫对牡丹的热爱有增无减。景祐元年（1034），欧阳修作《洛阳牡丹记》，洋洋两千七百余言，记述了牡丹花的品种，解释牡丹花名的由来，记述洛阳人赏花、种花、浇花、养花、医花的方法，使得牡丹在文人墨客中的地位更为提高。

　　苏东坡在杭州，每逢春暮，观赏牡丹都是他最重要的活动之一。

熙宁四年（1071）冬，苏东坡来到杭州。熙宁五年
（1072）春是他在杭州的第一个春天。这年三月，正是
暮春时节，牡丹盛开，他冒着小雨，去了明庆寺赏牡丹。

霏霏雨露作清妍，烁烁明灯照欲然。

明日春阴花未老，故应未忍著酥煎。

霏霏细雨下的牡丹，像明灯燃烧一样开放，光彩闪动。
即便到了明天这牡丹依然会绽放青春，我会不忍心将它
煎了吃。牡丹怎么煎了吃？《复斋漫录》记载了一则典故：
"孟蜀时，兵部尚书李昊每将牡丹数株分遗朋友，与牛
酥同赠。且曰：'俟花凋谢，即以酥煎食之，无弃秾艳。'
其风流贵重如此。"大意是说：孟蜀国的兵部尚书李昊，
经常将牡丹花分赠给朋友，同时也给他们一些牛酥（牛
乳熬的油），并跟他们说："等到牡丹花凋谢后，就用
牛酥和花瓣一起煎食，不要浪费牡丹花的秾艳美丽。"
可见当时人们对牡丹的珍重。

苏东坡喜欢牡丹。巧合的是，当时的杭州知州沈立，
也是一位牡丹迷，曾写过十卷《牡丹记》。东坡去明庆
寺赏牡丹后没几天，三月二十三日，沈立便邀请东坡同
去吉祥寺赏花。

东坡在后来的《牡丹记叙》一文中，记载了这一天
热闹非凡的情景："酒酣乐作，州人大集。……饮酒乐甚，
素不饮者皆醉。"他为此写了一首《吉祥寺赏牡丹》：

人老簪花不自羞，花应羞上老人头。

醉归扶路人应笑，十里珠帘半上钩。

〔宋〕赵昌《牡丹图》

作为杭州的二把手，折了一枝牡丹花插在自己的头上，在万人云集的春日里招摇过市，在今人看来，这不是活脱脱一个为老不尊的形象吗？但在东坡那里，管他什么官、民，在春天里享受大自然的欢乐，才是真的。说到这里，应当插一句，苏轼当时三十七岁，按说绝不算老。但"人生七十古来稀"，古人在人生寿程的计算上比今人要悲观得多，而对青春少壮的珍惜和努力也因而胜过了今人。

十多年后的东坡真的老了，在京师重阳酒后又簪过一次花（这次当是菊花了），引得侄子们拍手大笑："伯伯还这样吗？""人老簪花不自羞"正表现了诗人的放旷性格。这句诗，与"将谓偷闲学少年"一起，至今还常被中老年行辈中人借作解嘲的习语。

沈立同东坡关系不错，可惜时隔不久便调任他职，杭州知州由福州人陈襄接任。这年年底冬至日，苏东坡独自一人去了吉祥寺，作诗一首：

　　井底微阳回未回，萧萧寒雨湿枯荄。
　　何人更似苏夫子，不是花时肯独来。

过了十几天，又独自来寺一游，题诗道：

　　东君意浅著寒梅，千朵深红未暇裁。
　　安得道人殷七七，不论时节遣花开？

牡丹的花季在暮春，如今才交阳回，司花的东君当然没工夫去提前完成年度计划。殷七七，字文祥，是传说中"能开非时之花"的仙人。关于他有一个故事：一个叫周宝的人，曾经在长安与殷七七相识。后来周宝镇守浙西，数年后，殷七七忽然到他这里来玩。当时鹤林寺有一棵杜鹃，高一丈有余，每到春末，花开烂漫。有一天，周宝对殷七七说："鹤林寺的杜鹃花，是天下奇花。我听说你能让花在顷刻之间开放，那你能让这树杜鹃开放吗？"殷七七回答："当然可以。"周宝问道："马上就到重阳节了，你能让它在重阳节这天开放吗？"于是殷七七便提前两天到鹤林寺住了下来。午夜时分，有一个美丽的女子来对殷七七说："我是上天派来管理这棵杜鹃的。这一树花在人间已经超过一百年了，不多久就要回到天宫阆苑。这一次，我跟你一起催开它。"说完这话，女子倏然不见了。第二天早晨起来，寺僧惊讶地发现，这棵杜鹃花的花蕊已经渐渐打开了。到九月九日重阳节那天，杜鹃花就开得像在烂漫的春天一样了。

苏东坡在这里是说，殷七七曾在九月的深秋里催开了鹤林寺的杜鹃，可如今到哪里去找他来助一臂之力，催开不是花时的牡丹呢？"不是花时肯独来"，不仅因为东坡对牡丹的热爱，也因花及人，含有想念太守沈立的意思。

幸运的是，新任长官陈襄也是苏东坡的同道中人，他虽然不是沈立那样的牡丹专家，却也是一位诗人，与东坡处处有共同语言，两位时常在公事之余一起出游和吟咏。

次年（1073）春天，轮到苏东坡来邀请陈襄同赏牡丹了。苏轼先将吉祥寺的牡丹之盛，向陈襄大肆吹嘘了一番，然后说：使君您怎么说也是一个诗人，诗人不风流，怎么算得上诗人？而诗人不去看牡丹，又怎么算得上风流？一番话将陈襄说得心里发痒："好好好，一定去，一定去！"

第二天，性急的东坡先下了凤凰山，直奔吉祥寺而去。在吉祥寺，东坡一边欣赏着牡丹的国色天香，一边等待领导陈襄的到来。然而东坡一等不见人，二等不见影，陈襄一直没来。一会儿小厮来报，说陈襄有要事处理，不能前来。

"这家伙说话不算数啊！"当时东坡心里一定嘀咕了这么一句。可不能这么便宜了他，苏东坡看着牡丹花，心生一计，呵呵一笑，挥手便写了一诗，吩咐小厮转交陈襄。小厮急忙赶回官府，陈襄打开条幅，看到了东坡写的这首名为《吉祥寺花将落而述古不至》的诗：

> 今岁东风巧剪裁，含情只待使君来。
> 对花无信花应恨，直恐明年便不开！

东坡警告陈襄：这牡丹这么多情地等待你的到来，你却放她鸽子；你对花不守信用，这牡丹一旦花容大怒，到了明年就不开给你看了！

"牡丹很生气，后果很严重"的警告果然起了作用。陈襄第二天便赶到吉祥寺来。东坡好像算准了这招管用，早用前韵重赋一诗，等待他的到来。陈襄一到，东坡就吟道：

> 仙衣不用剪刀裁，国色初酣卯酒来。
> 太守问花花有语，为君零落为君开。

东坡说：你看，你一来，牡丹就像醉了酒一样娇憨盛开。而牡丹花也对你说了，为你零落为你开。如果明年你不来的话，她便还是不开。明年你来不来，自己看着办吧。

这年冬天，吉祥寺出了一个奇迹，十月间竟然盛开了几株牡丹。为了这件奇事，陈襄兴奋之下，写了两首牡丹诗，说牡丹花"不假东皇运化工"，没有借春风春雨便能巧运化工，在冬日开放。

竟有这样神奇的事情，东坡也怀疑是不是殷七七真的来助兴了。他写了《和述古冬日牡丹四首》，其中的第一首写道：

> 一朵妖红翠欲流，春光回照雪霜羞。
> 化工只欲呈心巧，不放闲花得少休。

明明是"妖红"，偏偏要说"翠欲流"，南宋诗人陆游起初对此花色感到奇怪。后来入蜀，在成都集市上看到一块"郭家鲜翠红纸铺"的招牌，问当地人才知道四川方言"翠"就是"鲜明"的意思，苏东坡在此用的是家乡语言。

对于牡丹，苏东坡充满深情和眷恋。只要到了赏牡丹的季节，东坡总是会想到那些赏牡丹的日子，也不会错过赏牡丹的机会。熙宁七年（1074）三月，苏东坡因在常州赈灾无法回到杭州，便在常州太平寺净土院赏牡丹，看到其中有一朵淡黄色的牡丹，特别新奇，便赋诗一首《游太平寺净土院观牡丹中有淡黄一朵特奇为作小诗》：

> 醉中眼缬自斓斑，天雨曼陀照玉盘。
> 一朵淡黄微拂掠，鞓红魏紫不须看。

或许是苏东坡的缘故，直到今天，在常州人民纪念苏东坡的"东坡公园"里，每年都有大片的牡丹盛开。暮春时节，来自各地的红男绿女涌向公园，观赏牡丹的鞓红魏紫，好不热闹！

十五年后，苏东坡第二次来到杭州任知州，在短短的两年时间内，他整治西湖，修建苏堤，公事繁忙，比任通判期间少了许多的闲情。但在内心深处，他依然不忘牡丹。元祐五年（1090）春，东坡因公事繁忙错过了赏牡丹的季节。直到四月十八日，已经是"绿暗初迎夏"的时节，他和刘景文一起去真觉院赏枇杷，才写了一首诗，表达错过牡丹花期的遗憾。元祐六年（1091）春，苏东坡又写过一首《三萼牡丹》的小诗：

> 风雨何年别，留真向此邦。
> 至今遗恨在，巧过不成双。

这首小诗，纪昀认为"太小巧"，而谭元春却评价其"小巧自佳"。

第七节　梅花：到底是美女，还是梅花？

宋时，杭州的赏梅胜地，最数孤山。宋初，林逋（谥和靖先生）隐居孤山，手植梅花数百株，并养数只白鹤，以梅为妻，以鹤为子，不娶不仕，过着高士隐逸的生活。今天孤山的东侧，还有他的坟茔。林逋以咏梅诗著名，方回在《瀛奎律髓》中录有八首，称为"孤山八梅"，都是七律，其中以"疏影横斜水清浅，暗香浮动月黄昏"和"雪后园林才半树，水边篱落忽横枝"两联最为世人激赏，林逋的名字也因此与梅花紧紧地联系在了一起。

关于"疏影"一联，还有一个争议。宋代王诜曾说，"疏影"二句，"杏与桃李皆可用也"。苏东坡则说："可则可，但恐杏桃李不敢承当耳。"而方回则批评说："予谓彼杏桃李者，影能疏乎？香能暗乎？繁秾之花，又与月黄昏、水清浅有何交涉？且'横斜''浮动'四字，牢不可移。"

苏东坡到杭州任通判时，林逋已经去世四十多年。不过，此时的苏东坡，虽然因不满王安石变法而自求外放，却仍然一腔慷慨许国的热情，也还没有遭受过生命中的重大挫折。此时的苏东坡，更多欣赏的是牡丹的雍容华贵，是荷花的玉立亭亭，而对梅花傲霜斗雪的品格还没有太深切的体会。因此，苏东坡在杭州任通判期间，竟无一首诗歌提到梅花。

苏东坡第一次写梅花，是在经历"乌台诗案"差点丧命后，被贬往黄州的路上。元丰三年（1080）正月，苏东坡在狱中度过了一百零五天后，开始赶赴黄州贬所。正月二十日，当他经过麻城县城之东的关山之时，草丛之间的一树梅花映入了眼帘：静静的山谷之间，流水潺潺，雨雪绵绵。而盛开后的梅花，被寒风一吹，便随风摇落，仿佛向落难的诗人倾吐她同病相怜的情怀。这样的一种景象，像是天启一般，给了东坡以诗情：

> 春来幽谷水潺潺，的皪梅花草棘间。
> 一夜东风吹石裂，半随飞雪度关山。

这是苏东坡第一次对梅花注入深情，因为此时的梅花，正是苏东坡命运的写照。从这一天起，苏东坡抒写梅花的诗词多了起来。多年以后，当他的爱妾朝云在惠州死去之后，他还在朝云的墓前种植了三百棵梅花以为

〔宋〕马远《林和靖梅花图》

纪念。

此后，在黄州时期的苏东坡，多次写诗赋梅。其中元丰五年（1082）正月，在黄州作《红梅三首》，其中第一首就赞美梅花"冰容不入时""孤瘦雪霜姿"和"未肯随春态"的高洁品格，这是苏东坡所认识到的"梅格"，也是他本人所追求的精神品质。也正因为此，苏东坡开始想念杭州孤山，想念孤山上以梅为妻的林逋，也开始理解林逋的高洁情怀。元丰七年（1084）正月，秦少游写了一首《和黄法曹忆建溪梅花同参寥赋》，苏东坡作了一首和诗。

和秦太虚梅花

西湖处士骨应槁，只有此诗君压倒。

东坡先生心已灰，为爱君诗被花恼。

多情立马待黄昏，残雪消迟月出早。

江头千树春欲暗，竹外一枝斜更好。

孤山山下醉眠处，点缀裙腰纷不扫。

万里春随逐客来，十年花送佳人老。

去年花开我已病，今年对花还草草。

不如风雨卷春归，收拾余香还畀昊。

在诗中，苏东坡说，西湖处士林和靖已经去世很久了，他写的梅花诗非常有名，也只有你的梅花诗可以与之媲美。此时的我已经心如死灰，却因为你的诗作，被梅花撩拨得心潮起伏。你看那多情的梅花，在黄昏中静静地开放，为了等待月华初上，它可以忍受残雪放慢消融的速度；西湖边的树色在黄昏中都暗了下来，而靠近竹子的梅花却一枝斜出，分明更加好看。在孤山的山腰，我曾经醉眠的地方，梅花纷纷落了一地，没有人将其扫除。想来这情景已有十年，我已经老了很多，而那梅花也不远万里，跟随我到了黄州。去年梅花开时我正生着

〔宋〕林逋《自书诗》卷　诗后有苏东坡书七言诗《书和靖林处士诗后》

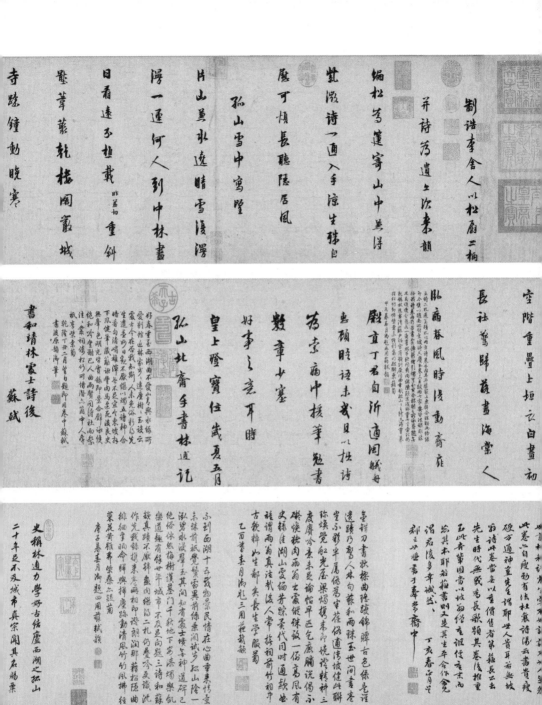

病，今年面对梅花我还是没有收拾好心情。不知不觉间，风雨已经带着春天归去了，梅花落纷纷，我只能收拾这些梅花的余香，将其还给天帝了。

这首《和秦太虚梅花》诗，东坡由诗中梅花想到西湖处士林逋，想到孤山的梅花，想到自己从通判杭州到贬谪黄州的荏苒十年，万里奔波，可以说是东坡咏梅诗中的佳篇，特别是"竹外一枝斜更好"一句，"语虽平易，颇得梅之幽独闲静之处"，"不言梅而舍梅无他属，韵清而古，毫不费力"，为后人所激赏。

苏东坡正是在这个时候，对林逋的理解，对梅花的喜爱，日渐加深。元丰八年（1085）四月，苏东坡在从黄州回常州的路上，在重新阅读林逋的梅花诗后，写了一首《书林逋诗后》，极力赞美林逋"神清骨冷"，说杭州人在湖山的熏陶下，不仅世外的隐士，就连贩夫走卒都有"冰玉"的品格。他对林逋的高洁情怀仰慕已久："我不识君曾梦见，瞳子了然光可烛。遗篇妙字处处有，步绕西湖看不足。"想此时的苏东坡，恨不能重新回到杭州孤山，近距离地与林逋及他的梅花交谈。

这样的机会不久就来了。元祐四年（1089）七月，苏东坡第二次来到杭州，任知州。元祐五年正月，是苏东坡此次来杭后的第一个梅花季，苏东坡却因忙于救灾治湖而错过了花期，他不无遗憾地写下"年年芳信负红梅，江畔垂垂又欲开"的诗句。直到元祐六年正月，杭州又一次迎来梅花开放的季节。此时的杭州通判杨蟠（字公济，杨公济的诗写得很不错，欧阳修曾经称赞过）写了几首梅花诗，苏东坡先后两次和了二十首，一抒他对梅花的喜爱和深情。

这二十首梅花诗，大致分为以下几类：

一类是说自己赏梅的经历，比如说自己与梅花的相逢是"相逢月下是瑶台"，比如说自己从西湖回来后，发现"万松岭上一枝开"；一类是写梅花的品格，比如写梅花"檀晕妆成雪月明"，赞美梅花"肝胆清新冷不邪"，喜欢梅花的"洗尽铅华见雪肌"等等。当然，在东坡的笔下，梅花更像是多情的美人：

> 梅梢春色弄微和，作意南枝剪刻多。
> 月黑林间逢缟袂，霸陵醉尉误谁何。

《龙城录》讲了一个故事：隋代开皇年间（581—600）有个叫赵师雄的官员被贬谪到罗浮山。一日天寒，日暮时分，赵师雄让车从停在松林间休息。松林旁有一个酒舍，赵师雄便去酒舍打酒喝。此时，酒舍旁边有一个女子，化着淡妆，穿着洁白的衣服迎接他。这时天色已黑，月亮从东方升起，月光洒在残雪上，赵师雄于是与女子一起敲开酒家的门，两人要了一壶酒，便对饮起来。没过多久，两人喝醉了，于是一起睡去。等到第二天早上，太阳出来了，赵师雄起身一看，同床共寝的女子已经不见了，而自己则睡在一棵大梅花树下……

"月黑林间逢缟袂，霸陵醉尉误谁何。"苏东坡在这里正是用这个故事，以身穿缟袂的美丽多情的女子来比喻梅花。由梅花变化而成的缟袂女子只是一个神话传说，苏东坡还会以历史上的名姬来喻梅花，比如：

> 月地云阶漫一樽，玉奴终不负东昏。
> 临春结绮荒荆棘，谁信幽香是返魂。

这首诗就用了历史上的一个典故。南朝齐国亡国后，齐明帝被梁武帝废为东昏侯。他的妃子潘玉儿有着倾国倾城的美貌，梁武帝打算将她留在宫中，于是想听听大

〔宋〕杨无咎《四梅花图卷》（局部）

臣王茂的意见。王茂说："导致齐朝灭亡的，正是这个人。如果将她留下来，恐怕会招惹外界的非议。"梁武帝听从了王茂的劝说，便将潘玉儿赶出了宫。掌管军队的田安启听说后，便想娶潘玉儿为妻。潘玉儿哭道："以前我嫁的是天子，今天岂能下嫁这种不入流的人物？我死就罢了，决不受辱！"于是自缢而死。她死之后，身体洁美如玉，就像活着一样。

"玉奴终不负东昏"，苏东坡用这一故事，以潘玉儿来比喻梅花的高洁、坚贞，说荆棘丛中梅花的幽香，正是潘玉儿逝去香魂的回返呢！

还有：

春入西湖到处花，裙腰芳草抱山斜。
盈盈解佩临烟浦，脉脉当垆傍酒家。

在这首诗中，苏东坡还是用了几个有关"美人"的意象。《古诗十九首》中有"盈盈楼上女，皎皎当窗牖"的诗句，以"盈盈"来指代美好的女子。《列仙传》中有"江妃二女"的故事，是说有江妃二女，出游于汉江和长江的岸边，遇到一个叫郑交甫的人。郑见了她们，非常爱慕喜欢，却不知道她们是神仙。郑对他的仆从说：

"我想请她们把身上戴的环佩赠予我。"后来两位仙女果然解下环佩,赠给了郑交甫。然而郑交甫得佩离去没几步,却发现怀内空空,佩已不在,再回头看二位女子,也已消失不见了。而"当垆傍酒家",则用的是卓文君和司马相如当垆卖酒的典故。

在苏东坡的笔下,杭州的梅花可以是传说中的仙女,可以是南朝的潘妃玉儿,可以是当垆卖酒的卓文君,可以是陈后主的贵妃张丽华,可以是待月西厢的崔莺莺,当然更应该是美丽的吴姬(杭州美女):

> 北客南来岂是家,醉看参月半横斜。
> 他年欲识吴姬面,秉烛三更对此花。

以"吴姬"比梅花,是苏东坡的得意之作。他在《王伯敭所藏赵昌花四首》诗中说:"殷勤小梅花,仿佛吴姬面。"后来又在《忆黄州梅花五绝》中说:"旋倾樽酒临清影,正是吴姬一笑时。"杭州女性的美丽,杭州梅花的风韵,在苏东坡的笔下,已经合而为一了。

第二章

欲把西湖比西子
——苏东坡与杭州女子

　　十几年前，当有好事者推出"中国最具性格魅力的城市"，将杭州列为"最女性化的城市"时，相信所有的杭州人都会会心一笑，欣然接受这一虽不全面却恰如其分的名号。

　　《红楼梦》中宝玉说："女儿是水做的骨肉……我见了女儿便清爽。"在中国城市的大家庭里，杭州正是这样一个令人心里清爽的水做的女孩子。西湖的湖水，运河的河水，钱塘江的江水，虎跑泉的泉水，九溪的溪水，地下的井水，共同滋润、孕育着杭州这块风水宝地。当然，最惹人疼爱的，还是杭州女孩子的泪水。"西湖的水，我的泪"，当新时代的白娘子们唱着这首百转千回的《千年等一回》时，相信很多人的内心里会升起一股柔情。

　　当然，说杭州女性化，最根本的还是源自西湖的山水格局。"水是眼波横，山是眉峰聚"，杭州的山水像女孩的眉眼。春桃夏荷，秋桂冬梅，一年四季花月无间，温润气候氤氲下的风景都带有浓浓的胭脂味。"水水山山处处明明秀秀；晴晴雨雨时时好好奇奇。"这是西湖风景的写照，也是杭州女性的摹写。俗话说：一方水土养一方人。杏花春雨中的西湖山水，怎能不培养出一方带有女性气质的人与城市？

不错，在女性地位一直不被彰显的中国历史上，几乎没有第二个城市像杭州这样表现出对女性的最大尊重了。"欲把西湖比西子，淡抹浓妆总相宜。"自从苏东坡这位具有强大亲和力的"市长"写下这千古流传的诗句后，几乎所有人对杭州的想象都与风姿绰约、妩媚动人的美女有关，就连西湖边的保俶塔也被形容成美女。

杭州的女性化，在宋朝之前就已滥觞。除了传说中的白娘子许仙，梁山伯祝英台，还有南齐名妓苏小小，他们的爱情故事为杭州的女性化奠定了基石。而真正将杭州的"女性文化"发扬光大的，可以说苏东坡是第一人。

朝云，苏东坡患难中的知己，也是与东坡相依相扶直到其生命最后一刻的女子。曹雪芹在《红楼梦》中，曾借贾雨村之口，把朝云看作秉有清明灵秀之气的"情痴情种"；琴操，明代陈汝元的戏剧《金莲记》渲染过她的故事；至于苏颂、周韶等杭州歌女与苏东坡的故事，也在后世冯梦龙的小说中一再出现……

苏东坡"性不昵妇人"，却对女性有着一种温润的情感。这种对女性的爱护与尊重，正是他散发出持久文化魅力的原因之一。

第一节　朝云：苏东坡一生中最疼爱的女子

熙宁七年（1074），江南的春天似乎比往年来得更早些。二月初，京师开封还是乍暖还寒天气，钱塘杭州已是春色如许。

下午，公事过后，苏东坡照例登上舟船，泛舟西湖。

按照朝廷惯例，这将是苏东坡通判杭州的最后一年。三年来，苏东坡与杭州、与西子湖已经产生了深厚的感情，对于江南风物，东坡更是心生热爱。

"千里莺啼绿映红，水村山郭酒旗风。南朝四百八十寺，多少楼台烟雨中。"此时的苏东坡，一边默念着唐人杜牧的诗句，一边放眼望去，但见西子湖乍雨乍晴，水光明灭，白沙堤芳草萋萋，柳吐新芽，真当是春风骀荡，风月无边。

官船上的歌舞开始了。一队少女出列，彩袖殷勤，歌声咿呀。对于这样的场面，苏东坡已经司空见惯。歌舞助兴，也仅仅是"助"而已，对东坡来说，歌女们固然窈窕美好，但最美的风光和神韵，还是那淡抹浓妆总相宜的西子湖。

然而，当丝竹乐罢，歌女们退去时，苏东坡注意到了队伍后面一个娇小的身影。也正在这时，这身影不知为何回头一望，正好与苏东坡的目光相遇。

"娉娉袅袅十三余，豆蔻梢头二月初。"唐人杜牧的诗句，再次涌向东坡的嘴边。他看到的是一双童真的眼睛，是一双清澈、善良而略带哀怨的目光，带着一丝对这个世界的不解与惶恐。

她就是朝云。这个春天，苏东坡将其收养，作为妻子王闰之的侍婢。

朝云姓王，字子霞。现有的史料，已经无法查证她的身世。我们甚至有理由相信，王朝云的姓名和字，都是苏东坡取的。因为苏东坡的两任妻子都姓王，而东坡字子瞻，带一个"子"字。朝云进入苏家后，苏东坡在杭州昭

〔清〕王愫《朝云小像》

庆寺附近建造水明楼（后称秦楼），经常带夫人王闰之和朝云到这里游览，观赏西湖景色。

大概此时的苏东坡也想不到，这个王朝云会成为他生命中最重要的女性之一，她的一生如空谷幽兰，如盈盈芙蕖，从含苞待放到凄然凋零，伴随苏东坡度过了坎坷的后半生。她不仅在生活上给东坡以无微不至的关怀，在精神上，她也是东坡的伴侣和知己。

熙宁七年（1074）秋，东坡离任杭州通判后，先后赴密州、徐州、湖州等地任知州，王朝云一路相随。元丰二年（1079），在湖州知州任上，乌台诗案发，东坡被捕入狱，历时百余天，后大难不死，被贬谪黄州。

乌台诗案中，苏东坡有许多亲朋好友受到牵连，其中一位叫王巩的，字定国，号"清虚居士"，是苏东坡恩师张方平的女婿。《续资治通鉴长编》记载时人评价说他"奇俊有文词……然好作论议，夸诞轻易，臧否人物，其口可畏，所喜所不喜，别白轻重，无所顾忌，是以颇不容于人"，但苏东坡非常欣赏他，对其奖引甚力。乌台诗案发后，王巩被贬为监宾州（今广西宾阳）盐酒税。他虽然"流落荒服，亲爱隔阔"，却并不因此与东坡疏远，而是一直保持着密切联系。他一向习惯于奢华生活，乍然之间来到穷乡僻壤，自然十分难受。对于王巩的受牵连，苏东坡十分愧疚，"每念至此，觉心肺间便有汤火芒刺"，因此也就对他十分关心。他一再提醒王巩，不可像寻常之人，于失意无聊中以声色自遣，一定要"深自爱重"，能够顽强地活下去就是最大胜利。

元丰六年（1083），王巩遇赦北归，绕道黄州看望苏东坡。随行的有一位侍妾，名叫柔奴，眉清目丽，歌喉美妙。柔奴从小生长在京师开封，王巩南迁，家属都留在南京岳父张方平家，柔奴毅然陪同前往。三年来柔奴与王巩同甘共苦，无怨无悔。

来到黄州后，苏东坡问她："广南风土，应是不好？"

柔奴应声答道："此心安处，便是吾乡。"

苏东坡十分敬佩这位品格超凡的女子，感激她在生活上、精神上给予好友王巩的照顾和慰藉，热情地写词赞美道：

> 谁羡人间琢玉郎，天应乞与点酥娘。尽道清歌传皓齿，风起，雪飞炎海变清凉。　　万里归来颜愈少，微笑，笑时犹带岭梅香。试问岭南应不好？却道，此心安处是吾乡。

苏东坡在写这首词的时候，一定想到了身边的朝云。朝云天资聪敏，善解人意，自从十二岁时跟随东坡一家后，一直陪伴东坡左右，来到黄州。也就是在上一年（元丰五年）的七夕节，征得王闰之同意后，苏东坡将二十岁的朝云正式纳为侍妾。在王巩携柔奴来到黄州的这一年的九月，朝云生下了一个儿子，小名干儿。

干儿出生之时，正是苏东坡遭受"文字狱"，被贬谪黄州之时。苏东坡含冤入狱，经受了人生的第一次重大挫折。因此，当干儿满月，苏东坡按照习俗，在洗儿会上宴请宾客时，不无感慨地写了一首《洗儿戏作》诗：

> 人皆养子望聪明，我被聪明误一生。
> 惟愿孩儿愚且鲁，无灾无难到公卿。

这首诗语含愤激，流露出对乌台诗案的不满和牢骚，以及饱经患难的人生感慨。然而，不幸的是，干儿只活了十个月，在元丰七年（1084）七月二十八日，苏东坡遇赦回到江宁时就不幸夭折了。

干儿长得很像苏东坡，"幼子真吾儿，眉角生已似"，东坡被贬谪黄州，欢乐的事情不多，这个孩子的出生，对人到中年的他来说是莫大的安慰。谁知不到一岁，病魔就将他活生生地夺去。苏东坡悲痛难抑，写诗痛悼说："忽然遭夺去，恶业我累尔。……归来怀抱空，老泪如泄水。"

更为悲痛的是作为母亲的朝云，她痛不欲生，终日以泪洗面：

我泪犹可拭，日远当日忘。
母哭不可闻，欲与汝俱亡。
故衣尚悬架，涨乳已流床。
感此欲忘生，一卧终日僵。

干儿名苏遁。"遁"者，逃也。这应该是他死之后，东坡给起的名字。

宋神宗去世后，由于哲宗年幼，哲宗祖母太皇太后高氏垂帘听政，临朝称制，重用熙宁、元丰时代旧臣，曾经因反对新法而被迫离开政治中枢的旧臣们，开始了升迁之路。苏东坡也因此回到京城，先后被擢拔为礼部郎中、起居舍人、中书舍人兼知制诰等职，到元祐元年（1086）九月，苏东坡再次获得荣升，这一次是翰林学士、知制诰。

伴随着仕途的顺畅，苏东坡的心情也跟着好了起来。一日午后，东坡酒足饭饱，无事悠游，在家中的花园里扪腹而行。他忽然想到，这腹中究竟装的是什么？"腹有诗书气自华"，可看看这微微隆起的将军肚，似乎并无诗书的影子，但难道它就是一个酒囊饭袋不成？那自己岂不是堕入了酒食地狱？

正在这时，家中几个丫鬟出现在了东坡面前。苏东坡喊住她们，指着自己的肚子问道："来来来，侍儿们，你们说说看，这里面装的是什么东西？"

"都是文章。"一位机灵的侍女回道。

"满腹见识。"另一位随声附和。

只有朝云说道："学士一肚皮不合时宜。"

不合时宜！苏东坡耳闻此言哈哈大笑，瞬间

〔清〕顾洛　朝云说
"学士一肚皮不合时宜"

想到了自己仕途的坎坷。想到王安石变法，自己不合时宜地反对，司马光要尽废新法，自己依然不合时宜地反对，真的是"一肚皮不合时宜"啊。朝云这一句精当的评语，让苏东坡再次对她刮目相看。

绍圣元年（1094），十八岁的宋哲宗亲政，下诏改年号为"绍圣"，意思是要继承神宗一朝的施政方针。朝廷政局再次巨变，吕大防、范纯仁被罢相，章惇、安焘等出任宰执大臣，"元祐党人"成为被打击报复的对象，仅仅一两个月的时间，当朝任职的三十多名高级官员被贬往岭南等蛮荒之地，苏东坡首当其冲，以"讥斥先朝""语涉讥讪"的罪名，先是被取消端明殿学士和翰林侍读学士官衔，贬任定州知州，随后又连遭降职处分，直到被贬往惠州，"不得签书公事"，成为听候地方安置的罪人。

此时，苏东坡认为不能再带着家人前行，打算独自承受政敌的迫害，只身奔赴贬所。儿子、儿媳都哭着要求与父亲同行，朝云更是万死不辞，一意相从。最后苏东坡决定只带小儿子苏过、侍妾朝云和两位女仆前行，其他家眷悉数由苏迨带回宜兴，跟长子苏迈一起居住。

事实上，干儿的夭殇，带给朝云沉重持久的痛苦。直到苏东坡和她从江宁到了泗上时，她才得到一个短暂的机会，拜在比丘尼义冲座下，开始学佛，以佛学宽宏明澈的开譬，抚治心灵的创伤。

到惠州后，再次遭遇贬谪之苦的苏东坡，也与她一起学佛参禅，以求解脱。朝云，成为苏东坡流放生涯中忠实而坚强的伴侣。

绍圣二年（1095），是苏东坡到惠州的第二年。这年秋天，正是万木萧疏、景色凄迷的时节。一天，东坡与朝云闲坐，见窗外如此秋景，不禁感伤起来，于是请朝云演唱自己写的那首《蝶恋花》词：

> 花褪残红青杏小。燕子飞时，绿水人家绕。枝上柳绵吹又少，天涯何处无芳草。　墙里秋千墙外道。墙外行人，墙里佳人笑。笑渐不闻声渐悄，多情却被无情恼。

然而，朝云站起来，亮了一亮喉咙，一个"花"字哽在喉咙里却再也唱不出来，泪落如雨，沾满衣襟。

东坡万分惊讶，忙问朝云何以至此。久久，朝云哽咽着答道："奴所不能歌，是'枝上柳绵吹又少，天涯何处无芳草'也。"

东坡听此，一种不祥的预感涌上心头，却只能强自按下，佯装大笑道："我正悲秋呢，你却伤起春来了！"

诗歌常常具有谶语的魔性。"枝上柳绵吹又少"，叹的是人生的无常，又何尝不有深沉的悲哀！吹又少的，岂止是枝上的柳绵，又何尝不是易逝的生命？宋代惠洪在《冷斋夜话》中记载说，朝云"日诵'枝上柳绵'二句，为之流泪。病极，犹不释口"。果然，朝云"不久抱疾而亡，子瞻终身不复听此词"。

朝云逝于第二年（1096）的六月。这年夏天，惠州酷热难耐。在这高温湿热的天气里，毒瘴开始流行。而惠州的贫穷落后、缺医少药，使得瘟疫迅速蔓延，无法挽救。可怜的朝云，不幸染上疾病，在苦苦支撑了十多天后，到七月初五日，遽然而逝。

朝云弥留之际，神志清醒，口中一遍遍地吟诵着《金刚经》中的"六如偈"：

> 一切有为法，如梦幻泡影，如露亦如电，应作如是观。

朝云的声息，渐微渐远，缓缓而绝。此时，她年仅三十四岁。

朝云的死，对苏东坡来说，无异于晴空霹雳。朝云虽非正室，但她跟随东坡二十三年，确是东坡患难中的知己，也是与东坡生命相依相扶最久的女子。朝云去世时，东坡之子苏过去河源采购木材尚未回归，两位女仆又病倒了一个。对朝云之死的悲痛，对现实境况的无助，叠加起来，苏东坡的心中，涌起了愁云惨雾。

依照朝云的遗嘱，八月三日，东坡将她葬于惠州西湖栖禅寺东南山坡上的松林中。墓地山顶上有大圣塔，巍然矗立在蓝天白云间。朝云墓为坡垄屏蔽，林荫茂密。山风吹来，塔上铃声断续不绝，倍增悲戚。东坡在其墓上建亭，称为"六如亭"，并刻碑以志：

> 东坡先生侍妾曰朝云，字子霞，姓王氏，钱塘人。敏而好义，事先生二十有三年，忠敬若一。绍圣三年七月壬辰，卒于惠州，年三十四。八月庚申，葬之丰湖之上栖禅山寺之东南。生子遁，未期而夭。盖常从比丘尼义冲学佛法，亦粗识大意。且死，诵《金刚经》四句偈以绝。铭曰：
> 浮屠是瞻，伽蓝是依。如汝宿心，惟佛之归。

苏东坡的这篇墓志铭，看上去只是平铺直叙，简略交代朝云的一生，但细细品味，我们却能在字里行间感受到那种强抑的悲痛。等到为朝云撰写挽联时，那种思念却再也压抑不住：

> 不合时宜，唯有朝云能识我；
> 独弹古调，每逢暮雨倍思卿。

从东坡现有的文字中，我们无法看到朝云死后东坡的心理活动。但是我想，东坡在彻骨的悲痛之时，未尝没有一种深深的后悔：二十多年前，自己在杭州西湖舟船上，看到那个楚楚可怜的少女，并从此改变了她的一生——苏东坡想到的只是凭自己的才华，凭官家对自己的赏识，至少能让朝云过上衣食无忧的生活，却没有想到自己的一生会如此坎坷起伏，在晚年还要投荒万里流落岭南；苏东坡想到的只是独身一人奔赴惠州，独自领受贬罚的罪愆，却没有想到朝云——自己的一个侍妾——却能够不辞万死，决意与自己来此蛮荒之地，最终将年轻的生命牺牲在离家万里的异乡！

所以，朝云对苏东坡来说，不仅仅是一个照顾饮食起居的侍妾，甚至也不仅仅是陪伴自己同甘共苦的女子，最重要的是，她还是东坡在此红尘中的精神知己。因此东坡再三地为她写下深情的诗作。

> 不似杨枝别乐天，恰如通德伴伶玄。
> 阿奴络秀不同老，天女维摩总解禅。
> 经卷药炉新活计，舞衫歌扇旧因缘。
> 丹成逐我三山去，不作巫阳云雨仙。
> ——《朝云诗》

白发苍颜，正是维摩境界。空方丈、散花何碍。朱唇箸点，更髻鬟生菜。这些个，千生万生只在。　好事心肠，着人情态。闲窗下、敛云凝黛。

明朝端午，待学纫兰为佩。寻一首好诗，要书裙带。

——《殢人娇·赠朝云》

这一诗一词，是东坡到惠州后，因修道而写给朝云的。东坡去惠州经过大庾岭时，就决心学道修佛。然而学道最大的难事，就是摒弃欲望，特别是男欢女爱的欲望，这一点，东坡在黄州时就已提及。到惠州后，虽有朝云相伴，但东坡却坚持清净，与朝云分床而卧，"不作巫阳云雨仙"。在诗词中，苏东坡用了毗耶离城中长老的故事。毗耶离城中长老名维摩诘，意为"净名"，他是个在家修佛的居士，也有妻子，但虔诚地奉守佛门戒律，断绝五欲，这就是苏东坡说的"维摩境界"。维摩诘的一丈之室中，能容三万二千狮子座。室中有一天女，每闻说法，便现身向众位菩萨弟子抛撒天花。修为圆满的人，天花撒在身上，就会纷纷滑落；如果天花沾附在衣服上，就表示此人修道未成，思想行为还不合佛法。在这首词中，东坡以维摩诘自喻，把朝云比作散花天女，既描写了朝云的美丽柔婉，又表现了他们以修道互相激励的知己般的关系。

"伤心一念偿前债，弹指三生断后缘。"对于朝云之死，东坡的沉痛无以复加。时序流转，很快到了重阳节，苏东坡登高望远，想起朝云，心中更感孤凄，惠州的山水草木，都无不令他想起朝云：

玉骨那愁瘴雾，冰姿自有仙风。海仙时遣探芳丛。倒挂绿毛幺凤。　素面翻嫌粉涴，洗妆不褪唇红。高情已逐晓云空。不与梨花同梦。

——《西江月》

这首咏梅词，托物喻人，以梅花象征和赞美朝云：天生丽质，素洁可爱，冰肌玉骨，情怀高洁。为此，东坡甚至在朝云的墓旁，栽植了数百株梅花，以陪伴朝云的灵魂。

古代中国，女子地位低下，能传下名字来的并不多。但朝云的事迹却引起了后代文学士子的倾慕。在明末，钱谦益的友人程孟阳，曾借五首《朝云诗》寄托他对柳如是的倾慕；曹雪芹在他的《红楼梦》中，也曾借贾雨村之口，把朝云看作秉有清明灵秀之气的"情痴情种"；清代广东新会人何绛的《朝云墓》则云：

> 试上山头奠桂浆，朝云艳骨有余香。
> 宋朝陵墓俱零落，嫁得才人胜帝王。

需要说明的是，苏东坡坎坷沉浮的一生中，有三位王姓妻室：夫人王弗，继室王闰之，侍妾王朝云。朝云身份虽低，但她对东坡超越了当时一般的侍妾情分，与东坡达到了精神的共鸣，无论是在生活上还是在精神上，她对东坡来说都有着更为重要的意义。

第二节　琴操：她因东坡出了家

　　明代陈汝元曾经写过一个名叫《金莲记》的戏，写苏东坡在杭州任通判时，夫人王闰之生病，再三催促苏东坡娶妾。后来，作为堂堂一州长官的苏东坡，竟然娶了歌女琴操的妹妹朝云为妾，而充任月老的就是琴操。

　　朝云是琴操的妹妹，琴操充任月老等等，当然是小说家言。不过，琴操确有其人，却不是陈汝元的杜撰。

　　关于琴操，正史上的记载并不多。从现有的资料来看，她出身于官宦之家，是一个能歌善舞、文学素养深厚而且反应机敏的才女。然而，十三岁那年，父亲被抓了，家被抄了，她自己由富家小姐变成了歌女。留传下来的她的故事，均与东坡有关。

　　宋代吴曾《能改斋漫录》中记载了一个故事，这个故事关系到秦少游的一首词。

　　秦少游的这首词，便是著名的《满庭芳》：

　　　　山抹微云，天连衰草，画角声断谯门。暂停征棹，聊共引离樽。多少蓬莱旧事，空回首、烟霭纷纷。

斜阳外，寒鸦万点，流水绕孤村。　　销魂。当此际，香囊暗解，罗带轻分。谩赢得青楼薄幸名存。此去何时见也，襟袖上空惹啼痕。伤情处，高城望断，灯火已黄昏。

这首写离情别绪的词，是秦少游的代表作之一，也是婉约派的名作。词作面世后，很快就传遍士林。

苏东坡任杭州知州时，有一天，西湖上一位歌女唱秦少游的这首词，大概是记忆有误，唱到"画角声断谯门"时，唱成了"画角声断斜阳"。恰好此时琴操在旁边，便提醒她说："是'谯门'，不是'斜阳'。"于是歌女就与琴操开玩笑问："那你能不能改一下韵，让我将错就错，错到底呢？"

琴操

谁知琴操并未拒绝，但见她略一沉思，就将秦少游的这首《满庭芳》，从原来的"元"字韵改成了"阳"字韵：

山抹微云，天连衰草，画角声断斜阳。暂停征辔，聊共饮离觞。多少蓬莱旧侣，频回首、烟霭茫茫。孤村里，寒鸦万点，流水绕低墙。　魂伤。当此际，轻分罗带，暗解香囊。漫赢得青楼薄幸名狂。此去何时见也，襟袖上空有余香。伤心处，长城望断，灯火已昏黄。

两人的这一段对话，正巧被苏东坡听个正着。他被琴操机智、敏捷的才思所打动，从此对琴操刮目相看，也因此对她格外注意，经常带她游山玩水。

后来有一次泛舟西湖，苏东坡玩心大起，对琴操说："我们演个参禅的情景剧吧！我当佛门长老，你当门下弟子，你来发问，我回答。"

于是，琴操坐到了苏东坡的对面，参禅游戏正式开始，两人在湖上斗起了机锋。

琴操问："何谓湖中景？"

东坡答："秋水共长天一色，落霞与孤鹜齐飞。"

这是唐代王勃《滕王阁序》中的名句。东坡用以形容眼前西湖之景，可谓信手拈来。

琴操接着问："何谓景中人？"

东坡答："裙拖六幅潇湘水，鬓亸巫山一段云。"

此二句出自李群玉《同郑相并歌姬小饮戏赠》，江山美人，景人合一，正是眼前情景。

琴操继续问道："何谓人中意？"

东坡云："惜他杨学士，憋杀鲍参军。"

杨学士，即杨炯，初唐四杰之一；鲍参军即鲍照。这两位都是不怎么得意的诗人。举此二人应对"人中意"，显然是以古喻今，借人说己，心有不甘。

东坡站起身，举目远眺，想到这个可怜的女孩子的身世，喃喃叹道："荣华富贵欢乐场，到头究竟能如何？"

聪明又敏感的琴操，听出了苏东坡的弦外之音，颤声问道："长老所言，究竟什么意思？"

苏东坡收回目光，看着琴操年轻清秀的面庞，不无怜爱地说道："门前冷落车马稀，老大嫁作商人妇。"

这是白居易《琵琶行》中的名句，说弹琵琶的歌女年少时众星拱月，年老色衰后门前冷落，只得嫁给商人，忍受长久离别的痛苦。

琴操本是极有慧根之人，苏东坡此语，如同醍醐灌顶，一下子惊醒了梦中人。琴操顿觉自己只有完结在尘世中的无常人生，才能永脱苦海。然而，如果那样，她又怎能再遇到苏东坡这样的才士呢？又如何还能有像今天这样充满趣味和智慧的对答呢？

尘世固然充满苦难，但仍然会有阳光从乌云中漏下来。

但即便有这样的欢乐，又能怎样？

琴操的心中，刹那间闪过了万千念头。她泪流满面，起身唱道：

谢学士，醒黄粱。门前冷落稀车马，世事浮沉梦一场。说什么鸾歌凤舞，说什么翠羽明珰，到后来两鬓尽苍苍，只剩得风流孽债，空使我两泪汪汪。我也不愿苦从良，我也不愿乐从良，从今念佛往西方。

第二天，琴操拿出多年积蓄赎了身，到临安玲珑山出家为尼。八年后去世，只活了二十四岁。

据说，琴操出家后，东坡为当时的一时逗才而懊悔不已，他数次来到玲珑山，苦苦相劝，希望琴操重返人间。但琴操心如钢铁，拒不相从。如今玲珑山下的东坡醉卧石，

位于杭州临安玲珑山的琴操墓

便是当时诗人吃了闭门羹后，借酒浇愁之地。

1934 年 3 月 29 日，郁达夫与林语堂、潘光旦等三个长衫文人来到玲珑山口，循着前人的脚印，找到了传说中的琴操墓。在荒草寂寂的墓前，三个民国的游客，在琴操墓前"齐动公愤"：眼前的这一丘荒冢，怎么能配得上这个前朝的美人？更令人愤怒的是，皇皇八卷《临安志》，却找不到有关琴操的半点记载！郁达夫遂援笔书道：

> 山亦玲珑水亦清，东坡曾此访云英。
> 如何八卷临安志，不记琴操一段情。

三人发愿重修琴操墓。然而，不久后，抗日战争爆发，郁达夫流亡海外，1945 年被日本人杀死于苏门答腊岛，他的愿望终未实现。今天的琴操墓依然破败，就连当年郁达夫捡到的那块墓碑，也是松散地斜靠在坟茔上。

第三节　女粉丝驾舟求见苏东坡

女人如花。花似女人。杭州是一个花开的城市，杭州又是一个女性化的城市。

杭州。女人。花。说到杭州，就不能不说到花和女人。

每个时代都有自己的两性主题。与今天的"帅哥、美女""高富帅、白富美"的主题不同，古代中国大多数时候的两性主题是"才子佳人"。

如果除去"通判"这一官方职务，在杭州的苏东坡，就是一个浪漫风流的才子形象。他观钱潮，游西湖，赏秋月，品春花，在层出不穷的赏游活动中，写下了无数美丽的诗篇，也留下了太多浪漫的故事。这些故事中，少不得女人，包括歌女和良家妇女。

对身处社会底层的风尘女子，东坡不乏同情之心。"自古佳人多命薄，闭门春尽杨花落。"在一首名为《薄命佳人》的诗中，苏东坡这样写道。也正因为此，只要有机会能为她们做点什么，东坡必不推辞。

　　有一次，陈襄到外地出差五天时间，杭州官府的事情就由东坡来代理。这一天，府里来了两个官妓，一个名叫胡楚，一个名叫周韶。胡楚浓妆艳抹，身着粉红丝裙，犹如桃之夭夭；周韶素面淡妆，一袭白色纱衣，仿佛梨花带雨。两人一起来求东坡给她们落籍。

　　东坡见胡楚今日楚楚动人，发了善念，笑道："胡楚，本官知道，你因姓胡，又善魅人，得了个'野狐狸'的称号，今天又打扮得楚楚动人，可真是合了你的名字。你的曲儿唱得好，本官给你写个脱籍判书，可不能干巴巴的。不然的话，你一转身，离开州府就会把本官给忘了！"

　　胡楚闻言拜道："民女岂敢忘记学士的恩德！学士最好写成歌，民女没事就拿出来唱唱！"

　　东坡故意开玩笑道："判词还没写呢，你就自称'民女'了？"

　　胡楚急忙嗲声道："哎呀，学士，奴家一时高兴嘛！小女子想您不会不判的嘛！"

　　东坡含着笑意，刷刷几笔，便将判书写好，然后将书幅提将起来，让众人观看，只见上面写道：

　　　　五日京兆，判断自由；
　　　　九尾野狐，从良任便。

　　意思是说，我有五天代理知州的时间，可以自由地决断州里的事务；你这个"九尾野狐"，想要脱籍从良的话，就任你的便吧。

　　"太妙了！"东坡的判词赢得满堂喝彩，胡楚更是喜

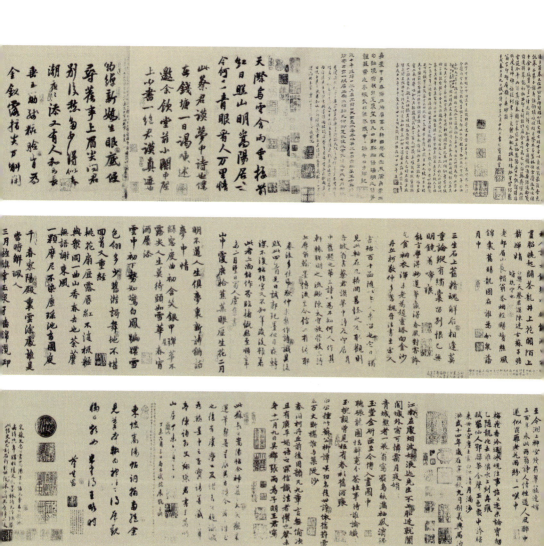

〔宋〕苏东坡《天际乌云帖》　又名《嵩云帖》，帖文后有题诗，正是东坡后来忆及昔在杭州时，太守陈襄放营妓周韶之事

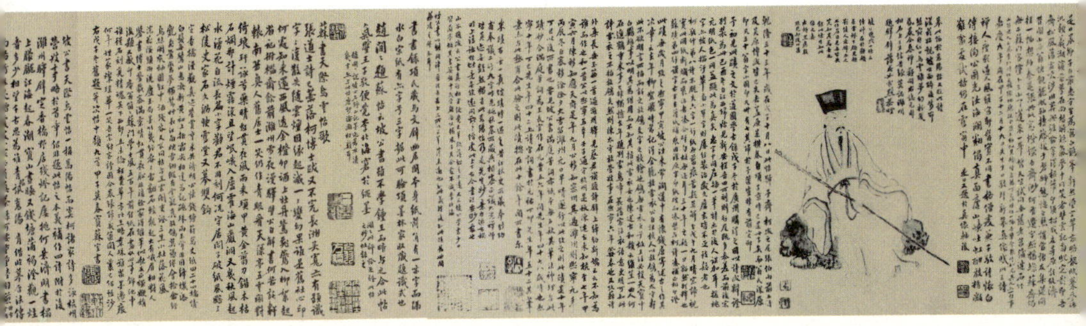

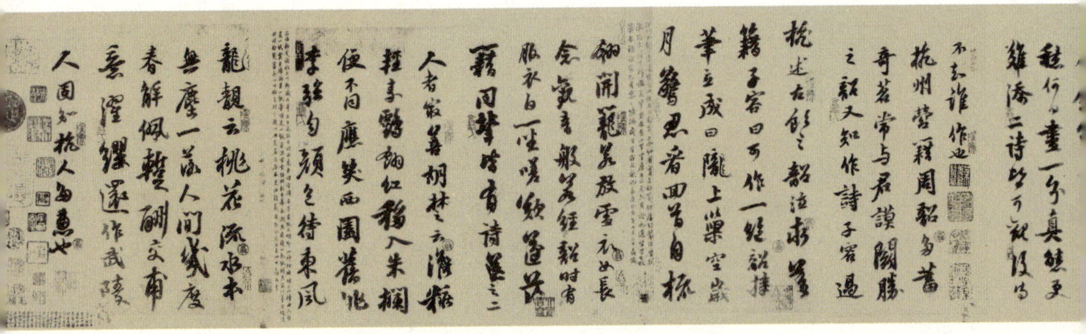

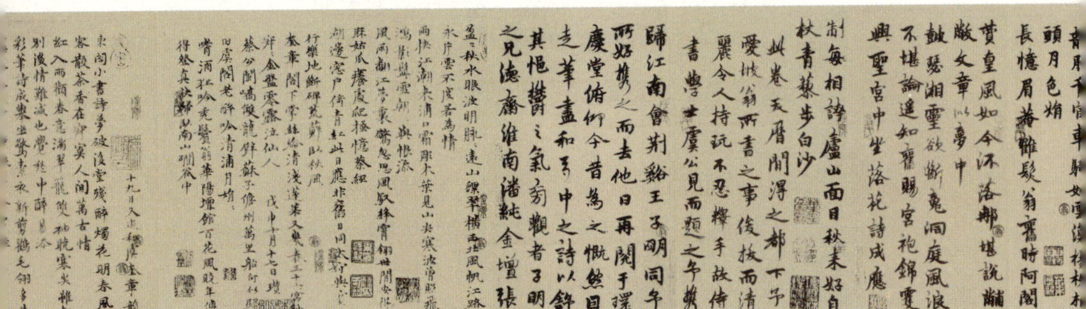

悦之情溢于言表。

胡楚拿走了判书，周韶就静悄悄地走了过来，轻声细语地央求着苏东坡："学士，我的呢？"

杭州歌女中，周韶首屈一指，色艺乃一州之冠。她的嗜好是喝茶，曾在斗茶中赢了蔡襄，所以名气很大。她跟随在胡楚身后，也请求脱籍。然而苏东坡知道她是太守陈襄所喜爱的女子，心想可不能在上司不在时将她给打发走了，于是不予批准，判词曰：

> 慕周南之化，此意虽可嘉；
> 空冀北之群，所请宜不允。

所谓"周南之化"，是指《诗经》里的《周南》等篇，由于内容为表达女子的贤淑，所以后世用来形容传统社会伦理价值观中的女性美德，是女性应走的"正道"；而"冀北之群"这个典故，出自唐代韩愈《送温处士赴河阳军序》："伯乐一过冀北之野，而马群遂空。"慧眼识千里马的伯乐从河北路过，就把当地所有的良马全部挑走了，意即优秀人才被伯乐看中，招揽一空。

因此这两句的意思是：你周韶要脱籍，这个想法当然很好；可你是太守陈襄看重的人物，你要脱籍的请求，我不宜自作主张就允许了。

东坡不批，周韶无奈。不过没多久，苏颂来杭州，陈襄设宴接待，又召周韶前来歌舞。周韶趁机再次请求脱籍。苏颂指着屋檐下的一只白鹦鹉说：你写首诗来看看，要表达出你的意思。

周韶略一思索，写道：

陇上巢空岁月惊，忍看回首自梳翎。

开笼若放雪衣女，长念观音般若经。

周韶自比白鹦鹉，大家看到她一身白衣，都齐声喝彩。苏东坡趁机说，周韶的白衣是因为母亲去世不久，正在居丧。听到此话，周韶眼圈一红，泪眼盈盈，看上去让人心生疼爱。

周韶的楚楚可怜，苏颂的从中说情，让陈襄一时间动了恻隐之心，就答应了周韶的请求。

不过，毕竟是自己偏爱的女子，周韶这样一个精灵般的女子被放走后，陈襄又后悔了。苏东坡也为其惋惜，经常安慰他。第二年，苏东坡在去常州、润州赈灾的路上，写了一首诗给陈襄，其中有两句写道："去年柳絮飞时节，记得金笼放雪衣。"

"记得金笼放雪衣"，苏东坡自注："杭人以放鸽为太守寿。"但这不过是个烟幕弹。它对应的实际上是周韶的那句"开笼若放雪衣女"，其中所指，非常明白。

每个时代都有追星族。胸怀宽容温暖，才情神奇俊赏，像苏东坡这样的男子，在那个时代，就如今天的"天王巨星"一样拥有众多的"粉丝"。许多粉丝会想尽办法，只愿与他见上一面。

熙宁六年（1073）一个夏日的黄昏，暴雨初过，空气清新，西湖上的莲花盈盈而开，十分美丽。苏东坡和张先及刘贡父兄弟等几位朋友，坐在孤山竹阁的一个临湖亭子上，正欣赏着这夏日雨后的西湖，看着远处的白鹭起起落落，与满湖盛开的莲花游戏着。忽见湖心一艘彩船荡荡悠悠，向着东坡这边驶来。船近亭边，苏东坡才看清，船上有几个人，其中一个三十余岁的少妇，特别美丽，风韵娴雅、风姿绰约。但见她旁若无人，顾自低头弹筝，筝声缥缈，如怨如慕，如泣如诉。曲罢，女子起身，对着亭中的东坡深深道了个万福，说道：

"我很早就仰慕您的才情与为人，十余年来对您的诗文爱不释手，一再展读，常常感叹无缘相见。最近听说您来到杭州任职，不禁喜出望外。我早已为人妻室，本不该抛头露面，但不忍多年的夙愿付与流水。今天听说您在此游玩，便不揣冒昧，在此等候，为您献上一曲，以表心意。如果能因此求得一首小词，那么也就可以成为我一生的荣耀了。"

即便以才气之高而闻名的苏东坡，也为这一奇异女子的举动所折服。对于女子的请求，他无法拒绝，便取纸笔，援笔而成《江城子》一首：

> 凤凰山下雨初晴。水风清。晚霞明。一朵芙蓉，开过尚盈盈。何处飞来双白鹭，如有意，慕娉婷。
> 忽闻江上弄哀筝。苦含情。遣谁听？烟敛云收，依约是湘灵。欲待曲终寻问取，人不见，数峰青。

女子得词，俯首深谢后便驾船而去，不一会儿就消失在湖山深处，只有筝声余音袅袅，不绝于耳。

这是苏东坡第一首广受好评的词作。事实上，苏东坡作词，正是深受当时在座的词人张先的影响。张先是北宋第一代有影响的词人，也是苏东坡作词的"启蒙老师"。张先在八十九岁高龄去世时，苏东坡已经离开杭州通判任，去密州做知州了。当他听到张先故去的消息时，伤心之余写下了《祭张子野文》，其中有："我官于杭，始获拥彗。欢欣忘年，脱略苛细"的句子。

"拥彗"一词，出自《史记·孟子传》："昭王拥彗先驱，请列弟子之座而受业。"其本意是指手持扫帚打扫庭院，引申为给人当学生。苏东坡这句话是说，自己在杭州做通判时，有幸得到张先的指点，两人成为忘年交。而在当时，苏东坡在诗文方面已经是闻名士林的大家，只在词作上几乎尚未涉猎，而张先则是早已成名的词坛巨匠。因此，苏东坡能跟张先学的，只有填词。

苏东坡在杭州任通判时，留下了数十首词，风格尽属婉约一类。直到他到密州之后，词风才开始转变，写出了《江城子·密州出猎》、《水调歌头》（明月几时有）等豪迈旷达的词作，豪放派风格开始形成。

第四节 陌上花开，可缓缓归矣

在苏东坡的诗词中，除了自己的妻妾外，很少有其他妇女形象出现。然而，在通判杭州期间，他却写了一首有关劳动妇女形象的诗作，此作在苏东坡的诗文中可以说是绝无仅有的。

熙宁六年（1073）春末夏初，苏东坡到於潜、昌化一带巡行视察。在寂照寺僧人惠觉的绿筠轩中，他写下了"可使食无肉，不可使居无竹。无肉令人瘦，无竹令人俗。人瘦尚可肥，俗士不可医"的名句。

也是在这一次，当他经过临安的苕溪时，他看到了於潜当地的妇女，发髻蓬松，上插长长的大银栉，白皙的双脚，不着鞋履，仍然保持着吴越王朝钱氏宫中的风格。于是写下《於潜女》一诗：

> 青裙缟袂於潜女，两足如霜不穿屦。
> 觥沙鬓发丝穿杼，蓬沓障前走风雨。
> 老濞宫妆传父祖，至今遗民悲故主。
> 苕溪杨柳初飞絮，照溪画眉渡溪去。
> 逢郎樵归相媚妩，不信姬姜有齐鲁。

这首诗描述了於潜农村妇女的形象：白上衣，青裙子，高发髻，长银栉。这种穿戴风格，是从吴越王钱氏宫中代代相沿下来，表示的是不忘故主之意。当女子在路上遇到砍柴归来的郎君时，两人表现出亲昵明媚的表情。在郎君的眼里，於潜女之美，连贵族家的女子也比不上。

过了些日子，苏东坡又到临安县视察刑狱，在县令苏舜举的陪同下，游九仙山。路上听到当地人唱民歌，声调婉转，一问，原来与吴越国王钱镠有关。

钱镠是五代十国时的吴越国王，虽是一个私盐贩子出身的大军阀，却也铁汉柔情。他的夫人回家探亲后，钱镠想她了，就写了一封信让她回来：

　　陌上花开，可缓缓归矣！

这封信写得旖旎有致，充满温情。看得出钱镠是很爱夫人的，渴望她回来团聚。春光正好，他提醒夫人不要辜负了芳时。不过，明明心情迫切，他却又说"可缓缓归矣"，含蓄委婉，完全是为对方着想的语气，显出了好男人的温情细腻与怜香惜玉。

苏东坡特别喜欢《陌上花》中所蕴含的温柔敦厚的情调。不过他所听到的民歌歌词，又实在鄙俗不堪。于是东坡就自己动手，改写成几首雅歌：

　　陌上花开蝴蝶飞，江山犹是昔人非。
　　遗民几度垂垂老，游女长歌缓缓归。

　　陌上山花无数开，路人争看翠轺来。
　　若为留得堂堂去，且更从教缓缓回。

生前富贵草头露，身后风流陌上花。

已作迟迟君去鲁，犹教缓缓妾还家。

其实作为民歌，有俚言鄙语，才有民歌的生动活泼。不过话又说回来，这"陌上花开，可缓缓归矣"明显地充满了小资情调，本来就不适合乡村野夫的脾性。东坡这一改，算是对味了。

然而，陌上花开的故事并没有结束。崇祯十四年（1641）春，钱谦益由常熟虞山往杭州，柳如是由虞山回茸城。分手后，二人互致思念，以诗往还。钱谦益就和东坡诗而反其意，写了三首诗，最后一首是：

陌上花开音信稀，暗将红泪裹春衣。

花开容易纷纷落，春暖休教缓缓归。

钱王招王妃"缓缓归"，苏东坡也说是"缓缓归"，而钱谦益则"反其意"，说春天花开易落，春情难久，"休教缓缓归"，也就是请"速速归"，大概是想着柳如是，相思成愁，便让柳如是速归，春光易逝嘛！

而柳如是也《奉和陌上花三首》，其中第二、三首是这样写的：

陌上花开一片飞，还留片片点郎衣。

雪山好处亭亭去，风月佳时缓缓归。

陌上花开花信稀，楝花风暖扬罗衣。

残花和梦垂垂谢，弱柳如人缓缓归。

钱谦益让柳如是速归，柳如是就撒了一个娇："偏不！我也要跟王妃一样，缓缓归！""弱柳如人"，柳如是以柳自比，是一语双关，柳丝袅袅，春风轻拂，以比兴迟缓之意。

陌上花常开，人间情长在。苏东坡的"陌上花开"，为怀古之作，有江山更替之叹，有追思前贤之情，格调高古；而钱谦益和柳如是这一对老夫少妻的唱和，则有着柔情蜜意的俏皮，是恋人间的你侬我侬。钱谦益与柳如是的一段因缘，为"陌上花开"的典语增添了优美缠绵的情韵。

"陌上花开"，已是属于杭州的一个美好的典故。今天，杭州九溪林海亭的一副对联，还引用了这一典故：

小住为佳，且吃了赵州茶去；
日归可缓，试同歌陌上花来。

第三章

有情风万里卷潮来
——苏东坡与杭州诗僧

绍圣二年（1095），苏东坡谪居惠州时，浙江永嘉（今温州）罗汉院的一位法号叫惠诚的僧人正在惠州一带云游，与东坡相识。有一天，惠诚来向苏东坡告别，并问他说："明天我要回浙东了。你这里有没有需要我传话给谁？"

苏东坡默想了一会儿，想到吴越一带，竟都是与自己交好的僧人。算了一下，吴越一带有名的高僧，十有八九与自己交好。于是，他写下了十二位与自己交好的高僧的名字，并一一作了点评，交付给惠诚说："你回到江浙一带见到他们，请代我向他们表达我的好意，并告诉他们我在这边饮食起居的情况，告诉他们不必挂念我。"

苏东坡向惠诚介绍的十二位高僧，分别是：参寥子，径山长老维琳，杭州圆照律师，秀州本觉寺一长老，苏州仲殊师利和尚，苏州定慧长老守钦，杭州下天竺净慧禅师，孤山思聪闻复师，祥符寺可久、垂云、清顺，法颖沙弥。

这十二位与东坡交好的高僧，除苏州的仲殊和守钦，秀州（今浙江嘉兴）本觉寺的长老之外，其他九人都在杭州。当然，这里面还不包括此时已经去世的辩才、惠勤等。

宋代是中国佛教较兴盛的时代，许多高官士大夫都受佛教文化影响，并对其产生好感。

北魏太祖道武皇帝时期，就有了国家正式任命的僧官制度，高僧法果受命为"道人统"，管理全国的僧人。到了宋朝，中央政府设置专门管理宗教事务的官署和僧司，负责全国僧人的考试、录用、发证书等管理工作。宋代僧官的来源，主要有三种：一是由皇帝亲封，数量很少；二是由老资格名僧高僧推荐，经中央有关机构审核批准，这个也很难；第三种就是通过考试，"法腊四十、结夏安居二十度"是最基本的参考条件。即要当四十年的和尚才有资格考僧官，考试流程跟科举差不多，考试内容分别有讲论科、讲经科、表白科、文章应制科、持念科、禅科和声赞科等七项。

这样选出来的和尚，其文学修养、表达能力都远胜普通人，这也是我们看到与苏东坡交往的那些高僧个个能文善诗的原因。

除了僧官，在宋朝，由于和尚可以不服兵役劳役，免缴一切杂税，因此即使做普通的和尚也是热门职业，不是谁想干就能干的。为了防止僧尼泛滥，宋朝推出了度牒制度，也就是政府宗教管理机构发给僧尼们度牒，持有度牒才能到寺院剃度出家，相当于"持证上岗"。要想得到度牒，也主要有三种方式：一是特恩，即皇上特批，苏东坡的老朋友佛印就是；二是试经，也就是通过专业考试；三是进纳，即花钱买，政府开价，想当和尚的到相关机构交钱购买。

〔明〕崔子忠《苏轼留带图》　绘苏东坡与佛印法师交往趣事

度牒的价格，不是一般百姓承担得起的。据有关记载，宋神宗时度牒的均价为一百三十千钱，夔州路卖到了三百千，而在广西路，一度卖出了六百五十千钱的高价。可以说，度牒是由官府掌握的稀缺资源，来钱快又好卖，所以苏东坡很喜欢卖度牒。无论是救灾、修缮还是整治西湖，他都曾向朝廷申请度牒，转手卖了就成为救灾款或工程费。

第一节　"这个地方，上辈子我来过！"

苏东坡对杭州有一种异乎寻常的好感。

他刚到杭州，就觉得杭州应该是他可以安身立命的地方：

> 我本无家更安往，故乡无此好湖山。

他两次为官杭州之后，就把自己当成了杭州人：

> 居杭积五岁，自意本杭人。
> 故山归无家，欲卜西湖邻。

更为神奇的是，他觉得自己上一辈子就来过杭州：

> 前生我已到杭州，到处长如到旧游。
> 更欲洞霄为隐吏，一庵闲地且相留。

苏东坡在这首《和张子野见寄·过旧游》诗中说，他不仅前世就已在杭州，而且是一个和尚，是杭州本地的和尚。

苏东坡写这首诗并非自作多情，而是有依据的。

西湖北面葛岭之下，有个寿星院。苏东坡在杭州任通判时，第一次和朋友来到寿星院，一进寺门就打了一个激灵：这地方太熟悉了，太似曾相识了，好像什么时候来过，莫非是昨夜的梦里？……

北宋时期，佛道兴盛，人们都相信"前世今生"的说法，苏东坡也不例外。他站在寿星院的大门口，对着朋友说："且慢！杭州我是第一次来，这寿星院更是今天与你第一次到这里。但我好像对这里很熟悉，眼前的一切都似曾相识。"接着，他指着眼前的台阶对朋友说："如果我没记错的话，从这里上去是忏堂，这个台阶，一共有九十二级。"

朋友知道东坡爱开玩笑，当然不信。但看到东坡一脸认真的样子，又狐疑了。

他上去数了一下，果然是九十二个台阶。

"肯定是巧合，要不就是你暗地里数过了。"朋友说，"你再说说别的看！"

朋友依然不太相信的声音在苏东坡的耳朵里若有若无，他陷入了一种对人生命数的惊奇之中。苏东坡拾级而上，一级级步上台阶，台阶上轻轻地回响着东坡的脚步声，仿佛是前世在今生的回音。他的头脑越发清晰起来，寿星院的建筑格局、方位布置，在苏东坡的脑海里仿佛留有一张平面图。

"我所站立的这个地方，叫观台。那边是平秀轩，靠近平秀轩的是寒碧轩，寒碧轩左手是垂云亭，嗯，那边是杯泉……"站在台阶上，苏东坡像是讲述童年记忆一般，说着寿星院的各个房屋、建筑的名称，他甚至说出了，寿星院那一丛绿竹旁边有一堆石头……

在寿星院发现了自己的前生，苏东坡对此地就有了很深的感情。此后，他常常在这里与朋友宴饮、饯行，后来他被贬谪黄州，依然对寿星院有着深深的怀念，并写诗《寿星院寒碧轩》以纪念，还说："仆在黄州，偶思寿星竹轩，作此诗，今录以遗通悟师。"

苏东坡去世后，他前世今生的故事越传越多。有个老僧说自己当年是寿星院的小和尚，夏天经常看到苏东坡上山，到寺里竹轩乘凉。当苏东坡脱了上衣，光着膀子睡午觉作魏晋风度之时，小和尚看到他背上有七颗黑痣如北斗七星一样排列着。

苏东坡的文集中，还有一篇很特殊的文章，叫《僧圆泽传》，故事的大意是这样的：

唐安史之乱时，富家子弟李源因父亲惨死，曾发誓不当官、不娶妻、不吃肉，并居住在洛阳惠林寺中，与住持圆泽过从甚密，竟日长谈。

有一天，两人相约去峨眉山。李源要从荆州走三峡水路入川，圆泽则要从长安斜谷路走陆路入川。李源不听，说：我跟世事都断绝了关系，怎么可能再走长安道路？！（长安之路，比喻仕途。）

圆泽沉默良久，然后叹了一口气说："一个人的命运，真是由不得自己啊！"然后就按照李源的路线走荆州一路。结果，船到了南浦的时候，碰到一个穿着丝绸衣服的妇人在河边汲水，圆泽看到她就流下眼泪，叹道："我不想走这条水路，就是怕见到她呀！"

李源大惊，连忙问他什么原因。圆泽说："这个妇人姓王，我命里注定要做她的儿子。她怀孕三年了，因为我一直没来，她一直生不下来。今天既然遇见了，就不能逃避了。我教你符咒，你要帮助我速速托生。三天后，你到王家来看我，我会对着你笑一下作为证明。然后，再过十三年，中秋月夜，在杭州天竺寺外，我们两个还有见面的机会。"

至此，李源大为后悔当初没有听圆泽的话，但为时已晚。当天傍晚，圆泽就圆寂了。三天后，李源到了王姓妇人家里，那个刚出生不久的婴儿果然对着他咧嘴而笑。李源把前因后果告诉了王氏，又出钱将圆泽的尸身葬在了水边山下后，也无心再玩，就返回了洛阳的惠林寺。

十三年后的中秋之夜，李源从洛阳到了杭州，如约来到天竺寺附近。忽然听到葛洪川的岸边，有一个牧童一边"哔、哔、哔"地叩着牛角，一边唱道：

> 三生石上旧精魂，赏月吟风不要论。
> 惭愧情人远相访，此身虽异性长存。

李源知道这便是圆泽的后身了。他隔着河岸大声呼道："泽师别来无恙否？"但听那牧童道："不负约期，李公真是信得过的人啊！本来我应该过溪与公一见，无奈公俗缘未断，不能相近。愿公勤修深省，我们还有见面的机会。"说罢，一边唱着歌儿一边骑牛远去了。

这个圆泽的故事，不是苏东坡的创作，而是他根据袁郊的《甘泽谣》改写的。这一故事终结于杭州天竺寺，苏东坡便把改写后的《僧圆泽传》抄给了天竺寺的和尚，后人把此文刻在寺院附近的"三生石"上。这一故事后来被反复演绎，清代乾隆年间（1736—1795），杭州人陈树基搜集整理杭州逸闻典故，辑为《西湖拾遗》，其中一卷《三生石上订奇缘》就是根据东坡这一文章敷衍而成。

苏东坡改写这一故事，是在第二次来杭州时的元祐六年（1091）。可以猜想，苏东坡在改写此文时，心里一定想到了十几年前第一次在寿星院发现自己"前生"的事情，也一定会把自己与圆泽联系到一起。事实上，苏东坡早在第一次通判杭州时，就读到过圆泽的故事，他在熙宁七年（1074）写过"欲向钱塘访圆泽，葛洪川畔待秋深"的诗句，出自他经过秀州永乐乡报本禅院时，为去世的方丈文长老写的一首诗，可见这个前世今生的故事在他心中一直盘桓不去。

其实，在苏东坡生活的那个时代，对于前世今生的故事是深信不疑的，很多人也有关于前世今生的传说。比如对苏东坡一家有提携之恩的张方平，他的前世故事跟苏东坡差不多：有一次张方平到一座寺庙，经过院里一座楼时，忽然记起自己前生是这个庙里的住持，还在这座楼上抄过经书。

事情的结果一如张方平所言：他在朋友的陪同下登楼寻旧，只见桌上放着笔墨，还有一册翻开的佛经，一叠抄到一半的黄纸，纸上的字体跟自己的一模一样……

如果你认为张方平的前生故事太匪夷所思的话，那么"苏门四学士"之一黄庭坚的故事更有可信性。黄庭坚曾连续三天做梦，梦到同一个内容：有人不停地叫他的名字，他循着声音走到一户人家门口，有一个老太太在那里，看他来了，就招呼他到屋里吃饭，桌子上是他最爱吃的荷叶粥。吃完后黄庭坚就醒来了，嘴巴里真的有股淡淡的荷叶清香。

这样的梦境连续做了三天，使黄庭坚感觉到一种神奇的宿命的味道。第四天中午，他从府里出来闲荡，走着走着，依稀记得是梦中的路，便一路走下去。果然，他找到了梦中的那户人家，也果然有一位慈祥的老太太。老人告诉他，自己的女儿已经去世好多年了，每年在祭日的时候，她都会呼唤女儿回家吃她生前最爱的荷叶粥，一连三天，天天如此。

此时的黄庭坚猛然醒悟，自己的前生就是那个死去的女子，这个老太太就是自己前世的母亲。

苏东坡在杭州期间，特别是第一次在杭州任通判时期，与寺庙僧佛的交往非常频繁，也为他们写下了数量不少的诗词文章，也与很多僧人、住持、长老结下了深厚的友谊，前世今生的故事，不过是其中的小插曲而已。

第二节　辩才：与苏东坡一起写下了"龙井传奇"

在杭州，苏东坡常常去拜访辩才法师。

辩才是杭州於潜人，俗名叫徐元净，字无象，看这俗名便有浓厚的佛家气象。有文献记载说，辩才出生时，左肩的肉上就起了袈裟条，一直过了八十一天才消失。等到辩才去世时，恰好是八十一岁。由此很多人相信，辩才天生就是佛门中人。他十岁出家，二十五岁时皇帝赐他紫衣以及"辩才"佛号。

辩才精通佛典，道行高深。嘉祐年间（1056—1063），沈文通知守杭州时，将他请到天竺寺做住持。这天竺寺在唐代就是钱塘有名的寺庙，当时大诗人白居易曾有一首诗描写天竺寺：

> 一山门作两山门，两寺原从一寺分。
> 东涧水流西涧水，南山云起北山云。
> 前台花发后台见，上界钟清下界闻。
> 遥想吾师行道处，天香桂子落纷纷。

白居易这首诗充满了禅趣，诗作本身也是写给天竺寺的韬光禅师的。看来，名寺、高僧、大诗人，天生就有联系。不过这一次，名寺还是那个名寺，高僧却换成了辩才，而大诗人则换成了苏东坡。

杭州寺院众多，早在晚唐五代时，就有三百六十寺之说法，其中上天竺寺名列杭州五大教寺之首。武林山阴，北涧之阳，有寺名为灵隐；武林山南，南涧之北，坐落着上天竺、中天竺、下天竺三座禅院。辩才在天竺弘扬佛法，广结善缘，兴建庙堂，使重楼杰观的上天竺成为浙西规模最大、名气最高的佛寺，辩才本人也成为江浙一带最为有名的高僧。熙宁五年（1072），苏东坡通判杭州，闻知辩才的大名，便找了一个日子，雇了两个肩舆，一个载着妻子王闰之和刚满百天的过儿，另一个上面坐着十四岁的迈儿和四岁的迨儿，自己则骑着高头大马一路相伴。

苏东坡拜访辩才的目的有二：一则当时东坡年轻气盛，心中有无数纠结，特别是与变法的宰相王安石不相容，不得不离开京城来到杭州，这对于他的政治理想来说，是一次挫折，他希望有一个世外高人抚慰甚至指点一下。二则，此时东坡的第二个儿子苏迨已经四岁，个头很高，脸型瘦长，可是不知怎么却一直不会走路，作为父亲的东坡心里着急，也希望能借助佛家的力量，让儿子健康地成长。

"南北一山门，上下两天竺。"苏东坡来到寺门前，就想到了他三百年前的偶像白居易的诗。他来到寺中，只见众多百姓，有的面带愁容，有的眉头紧锁，在院中排成一条长龙。一看便知，这些人全是仰慕辩才之名，前来求医问药的。寺中有个高僧，骨骼清奇，精神矍铄，身披袈裟，坐在菩提树下，正给病人诊脉。在他身后，有两个小沙弥，一个从钵中取水，让病人饮用，另一个则从箱中抓药，交给看过的百姓。那些病人饮过水，取过药后，纷纷从口袋中掏出钱来，多则成串，少则数文，虔诚地投入一个功德箱内。

东坡领着闰之和孩子，跟着人群排队候着，并不表明自己的通判身份以插队占先。一个抬肩舆的，认得东坡是本州通判，见此情形，便过来说道："苏通判，您若候在这里，不知要候到何时！待小人前去告知方丈，让您先进去罢了！"

"不成！不成！"东坡连忙摆手制止，"千万不能！"

那人劝说不成，便回到同伴中间，叹道："咱们杭州，有苏通判这样的父母官，是咱们的造化！"

终于日已偏西，排队的百姓渐次离开，东坡才领着全家来到菩提树下。

辩才大师看了东坡一眼，忽道："阿弥陀佛！施主定非凡人，光临请作诗一首。"

东坡受命，随口朗道："香刹西天寺，昔游如梦中。烟萝迷俗驾，猿狖应山童。"

辩才大师应声答道："云霞栖半壁，丹绀照晴空。世累悲何已，心期惜未同。"

苏东坡见他随口便将唐人权德舆的诗对了出来，而且取舍得当，不禁叹道："辩才大师不愧禅林诗仙，苏轼这厢有礼了！"说完深深鞠了一躬。

辩才急忙还礼："阿弥陀佛！子瞻施主，前不久惠勤长老说起你，不想今天您就光临敝寺了。"

"大师，这是我的夫人，还有三个孩子。"东坡介绍道。

"阿弥陀佛！女施主大安。"辩才忙给闰之施礼，闰之也还了个万福。

"大师，这是我家迨儿。"东坡说着，将怀中的苏迨递给辩才，"你看，他都四岁了，还不能说话，也不能走路……"

"阿弥陀佛！贫僧已听惠勤长老说了。"辩才说着，双手将迨儿接过去，上下打量一番，笑着对东坡说道，"贵公子长得这般清秀，天生与我佛有缘，只因未见师父，所以智慧未开。若要开启智慧，须得舍入佛门。不知施主意下如何？"

东坡爽声答应："好啊好啊！既然这孩儿与佛门有缘，就请大师收他为徒吧！"

迨儿是闰之的第一个孩子，闰之如何舍得？在旁听到对话的闰之犹豫道："大师，能让他当您的俗家弟子吗？"

"阿弥陀佛！此子佛性贯顶，若能身处佛门，定能禅机通达，当世无人能比，可成一代名僧。若只做个俗家弟子，恐怕委屈了这个才具……"

闰之怕东坡答应下来，急忙说："大师，奴家不想让他天下闻名，只要孩子平平安安就好……"说着把眼望向东坡。

东坡看着闰之和迨儿，也不舍起来。他转而对辩才说："大师你看，既然做母亲的割舍不下，那就让他做个俗家弟子吧。"

"阿弥陀佛！前生修行未到，今生俗缘未了……"辩才叹道。一边说着，一边伸出手来，将迨儿揽在怀里，在迨儿的头顶上轻轻摩挲着。过了一会儿，辩才叫道："好了！"

说着将迨儿放在地上。

东坡连忙伸手去扶，生怕迨儿摔倒。谁知迨儿面带嬉笑，站得稳稳当当！

东坡一家无不惊讶！闰之也不护着了，惊奇地看着这一切。

"这孩子，就只剃度，不出家吧！"辩才道。

无人反对了。

迨儿乖得可爱，直到头上的毛发被剃得干干净净，他一声都没吭。辩才给迨儿剃完发，又将其放在地上，一边轻轻拍了一下迨儿的光头，一边说道："他在本寺剃度，法名就叫竺僧吧！"

只见迨儿的脚慢慢挪动了几下，身子摇摇晃晃，竟然走了起来……

从此，苏东坡就将迨儿"寄养"在了天竺寺。这种"寄养"其实只是一种象征，意味着把孩子"托管"给了法力无边的佛门，并不是让孩子真的当和尚，当然也不需要让孩子到寺院生活。为的只是让佛祖对"自己人"特别观照一下，让孩子健康成长。

果然，奇迹出现了，苏迨很快能像奔跑的小鹿一样蹦蹦跳跳了。苏东坡对辩才又崇敬又感激。他在诗中写道：

> 我有长头儿，角颊峙犀玉。
> 四岁不知行，抱负烦背腹。
> 师来为摩顶，起走趁奔鹿。
> 乃知戒律中，妙用谢羁束。

苏迨从此时开始"舍身入佛"，被寄于佛门之下。直到十五年后的元祐二年（1087），其时苏东坡正处在他仕途最顺畅之时，儿子苏迨也已经十九岁。此前一年，宋哲宗给内外官赦书加恩，苏迨被授予"承务郎"的官衔。苏东坡在京城写信给辩才大师，说自己买了一道度牒，托一位姓赵的朋友带给他，这才将苏迨从佛门中赎了出来。

辩才法师在天竺寺讲经十七年，吴越之地的信徒争相前往。在这期间，辩才曾一度离开天竺寺。但是他这一次离开，造成了严重后果。当地人因为他的离开而不悦，施主们也不再到天竺寺上香施舍，天竺一带的岩石草木都为之索然。一年后，辩才再度回到天竺，"士女不督而集，山中百物皆若有喜色"。当时的杭州知州赵抃，也是辩才的寺外好友，他曾亲见这一过程，并为此称赞辩才说：

> 师去天竺，山空鬼哭。
> 天竺师归，道场光辉。

这次拜访辩才后，苏东坡与辩才结下了深厚的友谊。元丰二年（1079），辩才大师从天竺寺退休，归老于龙井山上。吴越之地的许多信徒，听说辩才退居龙井，便争相为他筑造屋宇亭台，鼎新栋宇及游览之所，"甃瓦金碧，咄嗟而就"。

苏东坡离开杭州后，他的亲友弟子来访问辩才的络绎不绝。元丰二年（1079）七月二十八日，苏东坡因"乌台诗案"在湖州被捕，他的弟子秦观当时正在江南游历，连忙到湖州打听消息。此后，秦观到了杭州，应辩才之邀，于中秋节次日之夜，与参寥子一起上了龙井山，并写下了一篇《龙井题名记》的美文：

> 元丰二年中秋后一日，余自吴兴过杭，东还会稽，龙井辩才法师以书邀予入山。比出郭，已日夕，航湖至普宁，遇道人参寥，问龙井所遣篮舆，则曰："以不时至，去矣。"

〔宋〕苏东坡《次辩才韵诗帖》

是夕，天宇开霁，林间月明，可数毛发。遂弃舟，从参寥杖策并湖而行。出雷峰，度南屏，濯足于惠因涧，入灵石坞，得支径上风篁岭，憩龙井亭，酌泉据石而饮之。自普宁经佛寺上，皆寂不闻人声。道旁庐舍或灯火隐显，草木深郁，流水激激悲鸣，殆非人间有也。行二鼓矣，始至寿圣院，谒辩才于潮音堂，明日乃还。

这篇短文，简约，尚意，洗练内敛，不抒情而情满溢，完全可以与苏东坡的《记承天寺夜游》、张岱的《湖心亭看雪》并列。

一年后，被贬谪于黄州的苏东坡读到了秦观的这篇游记，并在其后写了一篇跋文。这篇跋文追述了东坡第

董其昌

杭州龍井山方
圓庵記

天竺辯才法師
以智者教傳四
十年學者如歸
四方風靡於是
晦者明窒者通
大小之機無不遂
老不居其宿
於名乃辯其弟文
游玄其辯子而

而以休息乎此也
窺其制則圓蓋
嚴于人而不知天
而方址乎謂之曰
夫釋子之寤或
爲方丈或爲圓廬
而是庵也胡爲而
於我法師曰子既
得之矣雖於我爲
如而無異者其
天地人者真儒
矣唯能理事一
者也形而下者
渾淪周徧非方
非圓而能成方圓
得於方或得于圓
是以天地之方
人居乎天地之間
則首足具三者之
開其窗而於其
居也特不能化
內陶乎教化之中
具其形眼其眼
真沙門歟意人
之變乎霞載之

敢於天而不知人
九日慧日峰
守一記
不二作此文成
過了愛之因書
廬門居士米
元章

元豐癸亥四月

形矣蓋宇宙雖大
不雜其內秋毫雖
不雖其內秋毫雖
庵爲蓮廬乎
於則吾真以是
也於則吾真以是
善夫以法性之

陸儼山蔡潤有題
米海嶽方圓庵記之
前元行慶滅已刻
四人補之乞載中刻
東乃金文也見□□
董其昌

〔明〕董其昌《临米芾方圆庵记》

方圓庵

得龍井之居以隱
予南山守一往見
之過龍泓登風
篁嶺引目周覽
以索其居發於
峯密圍洶
不敢譬四顧若失
莫知其鄉逡巡下
危磴行深林得
主于煙雲騞歸之
間遂造而揖之
法師引于蒲席
而坐相視而笑徐
曰子胡來予回顧
肩觀馬法師曰
子固觀矣而又將
奚觀于笑曰蒲法
師俞予入由照

善巨細無古今皆
法閒體而無自
位萬物各得而
不深之也藏手
不相知皆藏手
手無端之紀則
是庵也蓋無有
相之廬而吾吾
將以吾吾佳而
住馬當是時
也子寔注而觀
子寫呼理圓也
語方也吾當
兒言與之以等
而觀而觀之於
是塔於隅几予
出卅法師之說

規矩一切則諸

以圓其頂塔色以
方其袍乃欲以煩
惱盡而理躰圓空
懣備而德相顯也
蓋瀹於理而不達
於事速於事而不
明於理者皆蔽名守
謂之沙門聖人以
制禮樂為衣裳
玉於舟車器械
宮室之居皆則而
是觀而觀之於

主于煙雲騞歸之
間遂造而揖之
法師引于蒲席
而坐相視而笑徐

125

一次离开杭州后，与辩才、秦观、参寥等人相约会面但终未能如愿的曲折过程：先是苏东坡从徐州调往湖州时经过秦观的家乡高邮，见到了秦观、参寥，辩才听说后打算过去，却由于结夏（指僧尼在夏天静居于寺庙）未果；后来在湖州，秦观、参寥约辩才、东坡一起去越州（今浙江绍兴），说等到秋天结束后再回来，但由于乌台诗案爆发，苏东坡被捕而无法成行。第二年，辩才、参寥派人到黄州看望东坡，并带去了秦观手书的《龙井题名记》，东坡欣然命笔，写下此跋。

秦观题名于龙井，苏东坡跋，后来大书法家米芾又书写了一份，找石匠刻了下来。宋代三位大家和一位高僧，使龙井和龙井寺的名声传遍天下。《咸淳临安志》卷七十八说道：

> 元丰二年，辩才大师元净自天竺退休，兹山始鼎新栋宇及游览之所……山川胜概，一时呈露，而二苏、赵、秦诸贤，皆与辩才为方外交，名章大篇，照耀泉石。龙井古荒刹，由是振显，岂非以其人乎？

元祐五年（1090），东坡再次来到杭州，前往龙井寿圣院拜访老友辩才。此时的辩才已经年过八十，他曾立了一条清规，张贴于寺内：

> 山僧老矣，精神衰惫，不能趋承。谨以二则预告：殿上闲谈，最久不过三炷香；山门送客，最远不过虎溪。垂顾大人，伏乞相谅。山僧元净叩白。

他还在寺旁建了一庵，取名"远心庵"，常独处其中，享受安静。

一天，东坡前往拜访辩才，两人清谈终日，直到日落西山，东坡才辞别回城。辩才送出山门，两人边走边谈，辩才竟忘记了自己订的清规，相送过了虎溪桥。左右急呼："法师，法师，送客已过虎溪矣！"辩才闻声，忙举头一看，才发现自己不知不觉走到了风篁岭下，忍不住大笑起来，对东坡说："杜甫不是说过吗：'与子成二老，来往亦风流。'"

因为这句话，苏东坡命人在风篁岭上修建了一座亭子，名为"过溪亭"，又名"二老亭"。

其实这里辩才用了一个"虎溪三笑"的典故。东晋时期，高僧慧远曾在庐山东林寺修行，并组织莲社。慧远曾有一条不成文的规矩：若有客人来访，送客时不过寺前的虎溪桥。如果一过，老虎就会骤然大吼。

当时著名的诗人陶渊明和陆静修都曾参加过慧远的莲社。一天，陶、陆二人到东林寺拜访慧远，三人相谈甚欢，天将暮时，依然意犹未尽。慧远在送客时边走边谈，不知不觉就过了虎溪桥。忽然，山中老虎的吼声震裂山谷，

风篁岭上的过溪亭，又名"二老亭"

三人才知道已越过虎溪。于是相视大笑而别。

这个故事就是著名的"虎溪三笑"，佛门中有名的典故，此后一千多年，以其为主题的文艺作品层出不穷。苏东坡和辩才都十分熟悉这个典故，它也成为道合相知的代名词。"道合何妨过虎溪，高山流水是相知。"苏东坡这两句诗虽是写给朋友崔闲的，却恰恰是他和辩才之友谊的最好注脚。

辩才和东坡都有诗歌记录这件官僧往还的雅事。辩才的诗赞赏东坡于政事之余，策杖山林，洗眼龙湫，登高望湖，煮茶论道。"愿公归廊庙，用慰天下忧。"最后希望东坡不负廊庙之才，努力为天下分忧。

东坡则在和诗中写道：

> 大千在掌握，宁有别离忧。

苏东坡在诗中赞美辩才大师鹤发童颜，精神不老，"惟此鹤骨老，凛然不知秋"。并说"我比陶令愧，师为远公优"。自己比不上陶渊明，而辩才却超过了慧远大师。最后，东坡建议在此地建一个"二老亭"，让龙井山上的人永远记住这次二老之游。"送我还过溪，溪水当逆流。聊使此山人，永记二老游。"

这次在寿圣院，苏东坡在墙壁上看到一幅辩才的画像，便写了一篇《辩才大师真赞》，赞他"即之浮云无穷，去之明月皆同。欲知明月所在，在汝唾雾之中"。意思是说，近看画像如浮云变幻，远看画像如满月当空，这都是因为辩才之唾沫如云雾遮月之故。原来，"辩才"这一法号，在佛家是指解说佛法，贯通无滞，具辩说之才。因此苏东坡戏说辩才大师说法唾沫横飞，竟遮住如满月之面庞。

元祐六年（1091）九月，辩才在龙井无疾而逝，享年八十一岁。当时东坡已调任颍州，闻此噩耗后，悲恸不已，特托人捎信给参寥子，并带上"奠文一首，并银二两，托为致茶果一奠之"。其中奠文是这样写的：

> 我初适吴，尚见五公。讲有辩、臻，禅有琏、嵩，后二十年，独余此翁。今又往矣，后生谁宗！道俗唏嘘，山泽改容。谁持一杯，往吊龙井。我去杭时，白叟黄童。要我复来，已许于中。山无此老，去将安从。噫参寥子，往奠必躬。岂无他人，莫写我胸。

后人为了纪念苏东坡和辩才的往还韵事，便在龙井建三贤祠以祀之，除了苏东坡和辩才，还纪念同样曾任杭州太守并与辩才友善的赵抃。

2011 年，杭州举行了纪念辩才大师一千年诞辰的活动，誉大师为"西湖龙井茶鼻祖"。

第三节　参寥子：苏东坡最喜欢跟他开玩笑

　　与东坡一生交好的杭州僧人，除了辩才，还有同样是於潜人的高僧道潜，即参寥。参寥俗姓何，是於潜浮溪村人。参寥初名昙潜，苏东坡为他改为道潜，又号参寥子，取的是《庄子》中"玄冥闻之参寥，参寥闻之疑始"之意。熙宁年间（1068—1077），苏东坡任杭州通判时，参寥是於潜县明智院的一个和尚，熙宁七年（1074）八月底，苏东坡因捕蝗出巡於潜，在明智寺初识参寥。后来东坡先后官徙于徐州、湖州、黄州，参寥都亲往看望东坡，两人过从甚密。

　　参寥是个诗僧，比如其《江上秋夜》与《临平道中》是深受东坡激赏的两首：

> 雨暗苍江晚未晴，井梧翻叶动秋声。
> 楼头夜半风吹断，月在浮云浅处明。
> 　　　　　　　　　　　　——《江上秋夜》

> 风蒲猎猎弄轻柔，欲立蜻蜓不自由。
> 五月临平山下路，藕花无数满汀洲。
> 　　　　　　　　　　　　——《临平道中》

苏东坡很喜欢参寥的诗，赞他"诗句清绝，与林逋上下，而通了道义，见之令人萧然"，苏辙亦称其诗"无一点蔬笋气"，"体制绝似储光羲，非近世诗僧所能比也"。苏东坡在《送参寥师》一诗中夸赞参寥的诗："新诗如玉屑，出语便清警。……忧愁不平气，一寓笔所骋。"

苏东坡与参寥初识于杭州，但真正密切地交往是在徐州。熙宁十年（1077）东坡从密州移任徐州后，参寥从杭州赶来与他相会。没想到，他一来苏东坡就跟他开了一个大大的玩笑。

一天，东坡有宴会，请群僚吃肉喝酒。他打发下属邀请参寥来赴会，大概参寥这个食素的家伙不想败了别人的兴，就拒绝了。酒过三巡，兴致勃勃的苏东坡还想着这茬事，对座客们说："参寥不来参加聚会，我们可不能轻易放过他！"

于是，东坡率领一众宾客，以及以马盼盼为首的一群歌女，浩浩荡荡前往参寥处。参寥见状，大为尴尬，但也只能故作镇静，请大家就座。苏东坡并不客气，命马盼盼献上纸笔，求诗一首。歌女们本来就见多此类场面，早已懂得东坡的用意，于是呼啦一下子将参寥包围，一个个美目流盼，莺声燕语，脂粉飘香，花枝乱颤，一心想扰动这位诗僧的凡心。而苏东坡则站在旁侧起哄，一脸的坏笑。

然而诗僧参寥不愧是超凡脱俗，早已看透东坡的恶作剧。他微微一笑，运平常心，提丹田气，信笔写道：

多谢尊前窈窕娘，好将幽梦恼襄王。
禅心已作沾泥絮，不逐春风上下狂。

奇才啊！这首诗不仅巧妙地恭维了这些歌妓，而且巧妙地表明了自己的襟怀：你们虽窈窕迷人，却只能令楚襄王这样的多情种子相思入梦，而我的禅心早已如沾泥的飞絮，即使春风骀荡，也不会上下轻狂了。苏东坡大为叹赏，一则为他不染的襟怀，一则为他敏捷的才思。东坡说："我也曾见过柳絮落到泥中的景象，认为可以写到诗里去，还没来得及写呢，却被参寥师占了先。"

当然，这种胡闹的时候毕竟比较少，更多的时候，是两人一起，或与其他朋友一起，参禅吟诗。

有一次，苏东坡与朋友对坐，有客人来送给东坡一条大鱼，东坡此时受参寥影响，不忍杀生，遂派人将大

苏东坡与诗僧参寥谈诗论道图

鱼放生，并求参寥作诗。参寥欣然命笔，写诗一首，其中有"彼客殷勤赠使君，愿向中厨荐醪醴。使君事道不事腹，杞菊终年食甘美"之句，诗中提到苏东坡在密州时，与通判刘庭式寻枸杞、野菊以饱腹的往事，夸赞苏东坡重视道德修养而轻于美味甘食。而苏东坡则在《次韵潜师放鱼》一诗中，写自己放生的原因，是想到黎民百姓正如这些鱼一样："疲民尚作鱼尾赤，数罟未除吾颡泚。"

还有一次，苏东坡与参寥在园中散步，看到园中的朽木上长出了木耳。木耳是佛家美食。相传佛家十五祖迦那提婆到迦毗罗国后，发现该国长者梵摩净德的园树上长出了木耳，梵摩净德与他的二儿子经常采食，采完后木耳又复生，从此木耳在佛国传布开来，成为佛家的传统美食。这次与参寥采食木耳，几可与两年前在密州采食杞、菊相媲美。

苏东坡与参寥在徐州相处的时间并不长，但两人的友谊却迅速升温，并一直保持了下去。苏东坡既钦佩参寥的修行道术，又欣赏参寥的诗作超群。当时秦少游赶考进士未能上榜，参寥曾作诗三首慰问秦少游，苏东坡也作和诗说："何妨却伴参寥子，无数新诗咳唾成。"在宽慰秦少游的同时，又大大地赞美了一番参寥子的诗才。

参寥的诗才，多风月情，少蔬笋气，《冷斋夜话》说不像"形同枯木、心如死灰"的人说的话。但是，参寥为人处世，性格刚直，憎恨平庸之人，又喜欢当面指摘朋友的过错，常让朋友下不来台。苏东坡说他"好面折人过失"，在《参寥子真赞》中，苏东坡说他"身寒而道富。辩于文而讷于口。外尪柔而中健武。与人无竞，而好刺讥朋友之过。枯形灰心，而喜为感时玩物不能忘情之语"。这样的人，在别人可能会认为难以相处，但在儒家的经典里，这样的朋友就是所谓的"诤友""直友"，是非常难得的，所以苏东坡非常珍惜这个极有个性的方外之友。在苏东坡的文集中，我们可以看到，他写给参寥的书信，保存至今的竟有二十二篇之多，远超写给其他僧人的书信。

参寥也没有愧对东坡这个知音。东坡谪居黄州时，参寥不远千里，从杭州跑到黄州，陪他在雪堂住了整整一年；东坡贬惠州时，参寥也受到牵连，被勒令还俗，多年后才又重新当了和尚。

元祐年间（1086—1094），东坡第二次来杭，此时参寥也已回到杭州。元祐五年（1090），参寥在孤山智果寺精舍居住，东坡前来祝贺并挥毫题梁。

第二年参寥新居筑成，而东坡又将于寒食离杭，就特意到智果寺辞别。智果寺精舍旁原有山泉从石间流出，这时又凿得新泉，使山泉之水更加清冽。参寥就留此泉水烹茶招待东坡。

苏东坡忽然想到，九年前在黄州，有一次梦见参寥与自己赋诗，得到两句诗：

寒食清明都过了，石泉槐火一时新。

东坡当时还纳闷为什么梦里会有这么两句诗，直到这天，他忽然明白了这两句诗的意思。东坡笑着说："是见于梦九年，卫公之为灵也久矣。"座中之人听了，都感慨叹息，愈加相信命中注定的事是无须外求的。苏东坡便为此泉取名为参寥泉，并写了一篇《参寥泉铭并序》的文章，其中说道：

余晚闻道，梦幻是身。真即是梦，梦即是真。石泉槐火，九年而信。夫求何神，实弊汝神。

参寥有个亲近的弟子，从小也跟着参寥做了小和尚，佛名"法颖"。法颖七八岁的时候就跟随参寥学习佛法，少年老成得像成年人一样。有一次元宵节，苏东坡在佛寺中张灯结彩，吟诗歌唱，法颖由于身材矮小，便骑坐在一壮夫两肩上看灯。这一情景，恰好被苏东坡遇见，东坡便逗他说："哎呀！你们出家的小孩子，也出来看灯吗？"法颖听到苏东坡的调侃，脸上立即白一阵红一阵的，为了自己的破戒，无地自容，羞恨得想找个地缝儿钻进去，一边哭，一边要那个壮夫赶紧离开。从那以后，小法颖再也不出来嬉戏游玩。苏东坡常常想起这个小沙弥，直到六七年后，苏东坡被贬到惠州，还仍然记得他，认为他能承继参寥的衣钵。

元祐六年（1091）五月，东坡将再次调离杭州，临行前的三月，他与这位有着近二十年交情的老友依依难别，写《八声甘州·寄参寥子》云：

> 有情风、万里卷潮来，无情送潮归。问钱塘江上，西兴浦口，几度斜晖？不用思量今古，俯仰昔人非。谁似东坡老，白首忘机。 记取西湖西畔，正暮山好处，空翠烟霏。算诗人相得，如我与君稀。约他年、东还海道，愿谢公、雅志莫相违。西州路，不应回首，为我沾衣。

那多情的风，卷起钱塘江潮涌来，又无情地送潮归去。人世间频仍的悲欢离合，犹如梦幻般动荡不定。在西湖春色正浓之际，我和你以诗会友，相知甚深，并相约学谢安退隐，却不要像谢安那样退隐之志最后未能实现，徒然使人追悼不已……这首词，如春花散空，不着迹象，又如天风海涛之曲，中有幽咽怨断之音。郑文焯在《大鹤山人词话》中评说此词道：

> 突兀雪山，卷地而来，真似钱塘江上看潮时，添得此老胸中数万甲兵，是何气象雄且杰。妙在无一字豪宕，无一语险怪，又出以闲逸感喟之情，所谓骨重神寒，不食人间烟火气者，词境至此，观止矣。云锦成章，天衣无缝，是作从至情流出，不假熨贴之工。

苏东坡与参寥的友谊，一直持续到东坡终老。绍圣四年（1097），东坡再贬海南儋州，参寥写信给他，准备前往海南拜访慰问，被东坡劝阻。后来，东坡离开海南回到江南，不久病逝于常州，再没能见到参寥。

第四节 大通善本：苏东坡的恶作剧引出一串故事

对于僧人，苏东坡有喜之者，也有恶之者。

杭州寺庙里的和尚，大多给苏东坡留下了非常好的印象，并与苏东坡结下了深厚的友谊，比如前文提到的辩才、参寥、惠勤、惠思，还有圆照、维琳、楚明、思义、清顺、可久、闻复等僧人，都是苏东坡心心念念的友人，但也有少数僧人，就成为苏东坡讨厌甚至打击的对象了。

杭州净慈寺有位禅师叫善本，俗姓董，颍州人，又号法涌，是圆照宗本禅师的弟子。他是一位戒律森严的名僧，一般的俗人、信徒难以见他一面。即便要见他，也必须事先沐浴焚香，斋戒数日。像这样有"洁癖"的禅师，对佛家的各种戒律更是加倍遵守，当然不许女性随便进入他的禅堂。

而苏东坡对这样的修禅方式不以为然。他认为，禅宗讲究明心见性，参禅悟道首先是追求"无念"，在与外界环境接触时不受外物影响；有道高僧不应消极避世，而应该积极面世。后来，东坡又了解到，原来善本年轻时曾到京师考过进士，后来与朝廷眉来眼去，讨得了神宗皇帝诏令的"赐号"，因此才名声大振，备享荣耀。所以，他认为善本禅师的"戒律森严"，更多的是逢场作戏，作秀给人看。他决定找个机会捉弄一下善本禅师。

一天，东坡和一群朋友在湖边游玩，路过净慈寺，大家都知道老和尚很严厉，不敢造次，只有东坡肆无忌惮，带着一群歌女，嘻嘻哈哈就跨进庙里，长驱直入善本的禅堂。一帮住在附近的村姑，听说有好戏看，也喊喊喳喳地跟在后面想看个热闹。果然，正在打坐的善本禅师，见此状况禁不住怒形于色，但又不便发作，只好顾自闭目念经。苏东坡并不恼怒。只见他随手拿起桌上的纸笔，写下一首小词，让歌伎咿咿呀呀地唱了起来，而苏东坡就拿起醒木和敲门的棍棒，合着拍子敲起来：

师唱谁家曲？宗风嗣阿谁？借君拍板与门槌。我也逢场作戏、莫相疑。　溪女方偷眼，山僧莫皱眉。却愁弥勒下生迟。不见老婆三五、少年时。

大师您唱的是哪家的经文？您传承的是哪家的家风？你看我拿着拍板、门槌这样敲打，其实不就跟您一样是逢场作戏吗！这些村姑们都在偷眼看热闹，山僧们也就不要愁眉苦脸地皱眉头啦。这时候，就算是弥勒佛也不会及时降生，来解除善本禅师的尴尬啦！我想，你们一定没有见到过，善本和尚在十五六岁的少年时，也曾有过东涂西抹的放浪举动吧！

苏东坡对善本禅师的恶作剧可以说是一点都不留情面。僧寺乃清净之地，他却带领了歌女去拜谒禅师，禅师发怒了，但东坡似乎毫无发觉，反而当场作词，令歌女歌之。结果惹得一些村姑偷眼观看，山僧也为之皱眉。"溪女"与"山僧"，"偷眼"与"皱眉"，一俗一僧，一方挤眉弄眼，一方愁眉苦脸，这种强烈的反差，造成了极具戏剧性的场面，令人哑然失笑。

这首词后来传了出去，苏州有一个叫仲殊的僧人听到后，也和了一首：

> 解舞清平乐，如今说向谁？红炉片雪上钳槌。打就金毛狮子、也堪疑。　　木女明开眼，泥人暗皱眉。蟠桃已是著花迟。不向春风一笑、待何时？

顺便说说这个仲殊的故事。仲殊出家前姓张名挥，是安州进士。出家后先后在苏州承天寺、杭州吴山宝月寺当过和尚，也是苏东坡的方外好友，他善于作词，操笔立成，不需要更改一个字。苏东坡说他"胸中无一毫发事"，因此愿与他交往，东坡知守杭州时曾与参寥、仲殊一起雪中游西湖、寺院，并互相酬唱。仲殊年轻时曾是一个游荡不羁的读书人，他的妻子在肉中下毒，差点将他毒死，后来仲殊吃了大量蜂蜜解了毒。大夫告诉

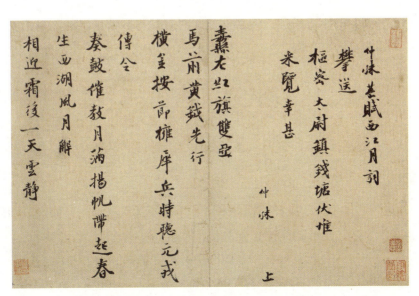

〔宋〕仲殊《书西江月词》　出自《宋元宝翰册》

他，以后如果再吃肉，毒性会复发，而且无法再治。为此，仲殊干脆出家当了和尚，天天吃蜜，豆腐、面筋、牛乳之类，都蘸了蜜吃。而苏东坡本人也特别爱吃蜜，曾称仲殊为"蜜殊"，并写了一首《安州老人食蜜歌》给他。

仲殊出家后，依然不改放浪性格，还喜欢作艳词。在宋代，艳词是被读书仕进的士人看不起的。他的朋友，苏州慧聚寺的诗僧孚草堂，曾因此写了一首长诗规劝仲殊说：当今社会道德败坏已久，正气不扶，也无人整顿纲纪，放眼望去，让人徒增伤悲。而你仲殊卓尔不群，才华横溢，"文章通造化，动与王公知"，你才思泉涌，翰墨清奇，顷刻之间，诗词便能写满百纸，这样的大手笔，不应该把才华浪费在那些淫词艳曲上，而应该奋起改变，以期在僧史留名。

老孚苦口婆心劝仲殊"改邪归正"，但仲殊置若罔闻，"竟莫之改"。有一次他造访郡守衙门，在与郡守寒暄交谈之际，看到庭下有一个脸色憔悴的美丽妇人拿着诉状站立在雨中，雨水湿透了鞋子。郡守见状，想到仲殊作诗迅捷，就命他就此时此景写一首诗。仲殊马上就口占一词：

> 浓润侵衣，暗香飘砌，雨中花色添憔悴。凤鞋湿透立多时，不言不语厌厌地。　　眉上新愁，手中文字，因何不倩鳞鸿寄？想伊只诉薄情人，官中谁管闲公事？

"凤鞋湿透立多时，不言不语厌厌地。"仲殊以明白晓畅的话语，十分传神地描写了这个来衙门告状的女子的形象神态和重重心事。郡守忙命人将仲殊此词抄录了下来。

仲殊迅捷的诗才久为人知，他这首张口就来的词作也很快传遍全城，被人们熟知。有一次，仲殊在外面游荡累了，经过一棵枇杷树时，就靠在树下休息。此时恰好有认识仲殊的人从他身边路过，想起仲殊的词作，就改了几个字调侃仲殊：

枇杷树下立多时，不言不语厌厌地。

元祐六年（1091）三月，苏东坡卸任杭州太守，奉召还京。三月十八日深夜，舟泊吴江。苏东坡做了一个梦，梦到仲殊正在弹琴，琴上的十三根弦都破损了，弹出的琴声也与往常不一样。东坡很诧异，因为只有筝才有十三弦，怎么这把琴也有？苏东坡便问仲殊："这把琴怎么会有十三根弦？"仲殊没有回答东坡的问题，只是朗诵诗云：

度数形名岂偶然，破琴今有十三弦。
此生若遇邢和璞，方信秦筝是响泉。

邢和璞是唐朝时的一个道士。唐朝宰相房琯在开元年间（713—741）曾任卢氏县令，有一次他与邢和璞一起出游，到了夏口村一个废弃的佛寺里，坐在一棵古松树下。邢和璞让人挖开松树下的土，挖出一个瓮，瓮中藏有一封书信，原来是娄师德写给智永禅师的。邢和璞笑着问房琯："您还记得这个吧？"房琯茫然不知所云。邢和璞又说："您闭上眼睛，在这里静坐一会儿。"房琯便按照邢和璞的叮嘱闭目静坐。此时，他忽然看到了自己的身体，正是智永禅师。房琯才猛然醒悟原来自己的前世就是智永禅师。

苏东坡梦中，仲殊写的那首诗，意思就是：你看到我弹的是琴，实际上我弹的是筝，筝就是琴，琴就是筝，不过是"形"与"名"的匹配不同罢了。

梦中的苏东坡当然知道仲殊说的是什么意思，不过，当他一觉醒来后，就把这些梦境都忘了。然而，到了午后，苏东坡午睡时，这同样的梦境又来了，而且梦中仲殊再次吟诵了那首诗。到这时，苏东坡才感到非常奇怪。他起身后，就要将这梦境记录下来，想晚上到了苏州，可能会见到仲殊，就把这梦中情景告诉他。可是，苏东坡正写着，还没写完呢，仲殊就来拜访他了。

"写至此，笔未绝，而殊老叩舷来见，惊叹不已，遂以赠之。"这时候，苏东坡所乘之船离苏州城只有五里路了。

最后还需一说的，是径山长老维琳。

维琳是湖州武康（今浙江德清）人，俗姓沈，号无畏大士，与东坡同龄。《宋诗纪事》中说他"好学能诗"，苏东坡则评价他"行峻而通，文清而丽"。苏东坡通判杭州时，经常去径山游玩，写下了很多诗作。当时径山只设正、副两个住持，而苏东坡则认为，这个规矩不是不能改的，应该因时因事制宜，选用有才德的僧人镇守山门。于是推荐了维琳进入径山寺，后来维琳成为径山寺长老，也与东坡结下了深厚友谊。

但是，在今天所留存的文献记载中，维琳与东坡的交往，主要发生在东坡生命中最后的几天。

建中靖国元年（1101），苏东坡从海南儋州万里北归。这次北归，前后有近一年的时间在舟车劳顿中度过，六十六岁的高龄，加之江南盛夏时节的酷暑闷热，令东坡体力不支。六月初，他在给章援的信中谈道："某自仪真得暑毒，困卧如昏醉中。"又在给米芾的数封信中说道："两日来，疾有增无减。虽迁闸外，风气稍清，但虚乏不能食，口殆不能言也。""某食则胀，不食则赢甚。昨夜通旦不交睫，端坐饷蚊子尔。""某昨日饮冷过度，夜暴下，且复疲甚。"

苏东坡曾食黄耆粥止泻，一度稍稍有所好转，但多年潜伏在体内的瘴毒，一旦发作，就不可收拾。苏东坡预感自己不久于人世，强为作书，请弟弟苏辙为自己写墓志铭。

抵达常州后，东坡住在好友钱世雄为他安排的孙氏馆中。七月初，东坡上表请求致仕告老："今已至常州，百病横生，四肢肿满，渴消唾血，全不能食者，二十余日矣。自料必死。"在获得皇上批准后，东坡又作《遗表》，向皇帝提出最后的建议和意见。然而随着朝政日非，

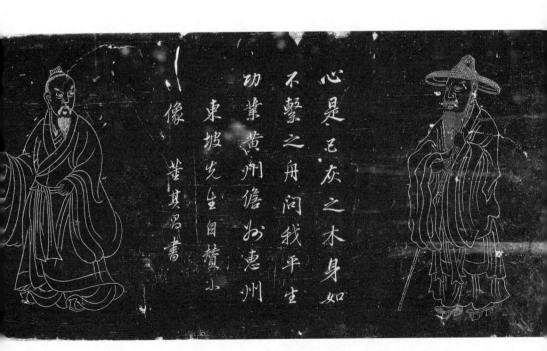

明代董其昌书苏东坡诗句并苏东坡、米芾画像刻石

东坡感到这篇披肝沥胆的奏文，会触忤权贵，无论对个人，还是对子孙、对朋友都有不利影响，于是便改变初衷，打算不再上奏，也不想让其在世间流传，因此叮嘱道潜不要刻印。临终前，东坡还就此叮嘱子孙，子孙遂遵行，我们也就遗憾地看不到东坡这篇弥留之际的雄文了。

七月十五日，东坡身上的热毒愈加严重。"一夜发热不可言，齿间出血如蚯蚓者无数，迨晓乃止，困惫之甚。细察疾状，专是热毒，根源不浅。"（《与钱济明（世雄）书》）

此时，维琳已经听说苏东坡病重的消息，急忙从杭州径山寺赶往常州看望东坡。七月二十五日，维琳赶到常州。苏东坡此时口不能言，只能以笔代之：

> 某卧病五十日，日以增剧，已颓然待尽矣。两日始微有生意，亦未可必也。适睡觉，忽见刺字，惊叹久之。暑毒如此，岂耆年者出山旅次时耶？不审比来眠食何似？某扶行不过数步，亦不能久坐，老师能相对卧谈少顷否？晚凉，更一访，愈甚，不谨。

意思是说：我已生病五十天了，病情一天比一天厉害，已经把我的精力折磨完了。这两天虽然有些好转，但也不一定就这样好下去了。刚才我睡觉醒来，看到你送来的名帖，惊叹了好久。我身上的暑毒如此厉害，已经不是能到山上旅行的时候，更何况这些日子我早就吃不下饭睡不好觉了。现在我就算被人扶着，也走不了几步路，连坐也不能坐久了。老师您能否陪我卧谈一会？到了晚上，再过来陪我一会。我实在太累了。

维琳当然一如所请，陪东坡卧谈。东坡写给他一首诗：

与君皆丙子，各已三万日。

一日一千偈，电往那容诘。

大患缘有身，无身则无疾。

平生笑罗什，神咒真浪出。

维琳问东坡"神咒"指的是什么，东坡要来一支笔，写道："昔鸠摩罗什病亟，出西域神咒，三番令弟子诵以免难，不及事而终。"意思是说：当年鸠摩罗什病重的时候，曾经拿出梵文咒语，三番五次让弟子们诵念，希望以此消灾免殃，结果弟子们咒还没念完，鸠摩罗什就死了。人之苦难，就在于有肉身，没有肉身就不会有疾病；既然有了这肉身，肉身的消亡是迟早的事，念咒有什么用呢？

在生命的最后关头，东坡还当着和尚的面，取笑了一下神僧。

写完，东坡又写了一个帖子：

> 某岭海万里不死，而归宿田里，遂有不起之忧，岂非命也夫！然死生亦细故尔，无足道者，惟为佛、为法、为众生自重。

意思是：我被贬谪到万里之外的岭南、海南没有死掉，回到家乡后却要死了，这难道不是命中注定的吗？然而，死生是小事，没什么值得说的，只希望您为了佛，为了佛法，为了众生，善自珍重吧！

七月二十八日，东坡听觉衰微。家人按照"属纩"的风俗，将一团新棉花放在他的鼻底，好看清他是否有呼吸。

　　维琳在他耳边大声说：端明宜勿忘！（端明学士，不要忘记来生！）

　　东坡答：西方不无，但个里着力不得。（来生也许有，但空想前往，着不得力，又有何用？）

　　在场的钱世雄见状也对着东坡大声说："固先生平时履践，至此更须着力。"（先生你平时谈佛谈来生，到现在了，更要加把劲儿，多想想来生。）

　　东坡说："着力即差。"（勉强想就不对了。）

　　钱世雄还是希望他在紧要关头别闹别扭，又说道："端明平生学佛，此日如何？"

　　苏东坡曰："此语亦不受。"

　　这是东坡留给这个世界的最后一句话。苏迈含泪上前问父亲还有什么要交代，东坡一语不发，溘然长逝。

第四章

杭州太守例能诗

——苏东坡与杭州文士

　　熙宁七年（1074）七月，杭州知州陈襄与应天府知府杨绘对调——陈襄去应天府任知府，杨绘到杭州任知州。作为杭州通判的苏东坡，少不了一番迎来送往的工夫。他填词《诉衷情》一首道：

　　　　钱塘风景古来奇，太守例能诗。先驱负弩何在，心已浙江西。　　花尽后，叶飞时。雨凄凄。若为情绪，更问新官，向旧官啼。

　　"新官"指杨绘，"旧官"指陈襄。迎来固然欣然，送往却不免伤感，整首词正是为陈、杨二人而作。不过，苏东坡说杭州"太守例能诗"，却绝非虚妄。

　　唐朝有名的"仙才宰相"李泌，热播剧《长安十二时辰》中李必的原型，781年到杭州担任刺史，历时两年多，治六井，造福杭州人民。能诗。"凤山多翠色，阴雨渐侵晨。雷奋翻龙角，波清跃锦鳞。禾苗皆献瑞，草木亦生春。知是圣泽远，衢歌遍海滨。"他的这首《凤岫春雨》是流传下来的佳作之一。

　　唐朝大诗人白居易，唐穆宗长庆二年（822）到杭州担任刺史，他写有诗作"未能抛得杭州去，一半勾留是此湖"。苏东坡与白居易很有缘分，他们不仅是杭州历史上最著名的两位诗人市长，且苏东坡之"东坡"一号的来源，也与白居易有关。

到了宋朝，做过杭州太守的，除了苏东坡任通判期间的三位上司沈立、陈襄与杨绘个个能诗善词外，在苏东坡之前，他的精神导师范仲淹先后知守睦州（辖今杭州桐庐、建德、淳安）和杭州，其"先天下之忧而忧，后天下之乐而乐"的精神一直激励着他身后的士人。梅挚 1057 年来杭州任知州时，宋仁宗曾赠他诗句"地有湖山美，东南第一州"夸赞杭州。而北宋名臣赵抃，也曾数次知守杭州、睦州，"疏帘卷尽南轩阁，引得湖光一片归"，正是赵抃描写西湖风光的名句。1091 年，苏东坡第二次离任杭州，来接替他太守职务的是林希，正是林希，将苏东坡修筑的西湖长堤命名为"苏公堤"，"苏堤"由此得名并传至今。

这些有着深厚文化修养的太守们，不仅给杭州百姓带来了仁政和福泽，对于杭州精神文化的培养与人文积淀，也都起到了不可估量的作用。

第一节　陈襄：看了苏东坡写给他的诗词，才知道什么是真正的友谊

杭州通判，这是苏东坡第一次来杭州任职时的官衔。

"通判"是宋代才有的一个官衔，当时中央政府为了防止地方割据，由文人出守各个州郡，然后又从在京的朝官中选派"通判"分知州之权，称为"监州"。州中的一般公事，需要经过知州、通判一起署名后才能生效，所以通判的目的，实际上是监视和牵制知州，削弱地方首长的权力。通判"既非副贰，又非属官，故常与知州争权，每云'我是监郡，朝廷使我监汝举动'"。

这样一来，知州与通判就经常发生摩擦，以至于知州对通判一般没什么好感。杭州的太守中，曾经有一个叫钱昆的人，喜欢吃螃蟹，又深受通判制约之苦，就请求到外地任官。有人觉得杭州这么好的地方都不愿待，还想去哪里呢？他回答：

"只要是有螃蟹、无通判的地方，都可以！"

苏东坡在杭州任通判期间，共与三任知州共事：沈立、陈襄、杨绘。沈立与苏东坡关系不错，不过苏东坡到杭州不到八个月，沈立就离杭赴京，除审官西院。熙

宁五年（1072）七月，沈立即将卸任，邀请苏东坡游西湖，东坡因有事没能赴约。第二天，苏东坡在北山的西湖中，采得并蒂莲花一朵，于是写诗一首献给沈立：

> 湖上棠阴手自栽，问公更得几回来。
> 水仙亦恐公归去，故遣双莲一夜开。

这首诗用了一个典故。周召公到南方巡行，在棠树下听讼断案，执法公正，施惠于民。后人思念召公的德政，就不忍心砍伐棠树。东坡以此典故，说沈立在杭州有惠政，百姓都问他何时还能回到杭州。即便是水仙王庙的龙王也担心沈立离开，而派遣美丽的双莲在一夜之间速速开放，以挽留沈立的脚步。

一个月后，沈立即将启程赴京。东坡作《和沈立之留别二首》：

> 而今父老千行泪，一似当时去越时。
> 不用镌碑颂遗爱，丈人清德畏人知。
>
> 卧闻铙鼓送归艎，梦里匆匆共一觞。
> 试问别来愁几许？春江万斛若为量。

第一首是说，听说沈立要离任杭州，杭城父老都流下了眼泪，一如当年沈立离开越州到杭州时一样，说明沈立所到之处都受到百姓的爱戴。杭城父老啊，你们无须为他镌刻碑文来纪念他留下的德政，因为他高尚的德行是不愿让人知道的。

第二首原有东坡的一个小注："去时，予在试院。"是说沈立离开杭州时，苏东坡因公事在试院未能相送。晚上还能听到百姓送别沈立的锣鼓之声，而东坡只能在

〔宋〕李公麟《西园雅集图》　图中所绘为苏轼、苏辙、黄庭坚、秦观、晁补之、米芾、蔡襄、李公麟等十六位文士及僧道好友在驸马都尉王诜府中做客的场景，极文人雅集之趣。"西园雅集"也成为后世人物画家一个常见的创作主题，马远、刘松年、赵孟頫、唐寅等皆有同题画作。米芾曾为此画另作有《西园雅集图记》

153

梦里与沈立匆匆一醉。而离愁别绪，是万斛江水都没法量的啊！

沈立前脚走了，陈襄后脚就来继任了。

陈襄，字述古，福建侯官（今福州）人。陈襄是庆历二年（1042）的进士，嘉祐六年（1061）任常州知府，熙宁初年（1068）为刑部郎中，后来又任监察御史。王安石变法，他极力批评青苗法给百姓带来伤害和不便，并奏请皇上贬官王安石、吕惠卿以谢天下，因此开罪王安石，熙宁四年（1071）被贬往陈州，熙宁五年（1072）秋又移知杭州。

在反对王安石变法这一条上，陈襄和苏东坡可谓是惺惺相惜。而陈襄也早慕苏东坡的文名，因此他刚到杭州，看到官府内的木芙蓉盛开，就写诗"调戏"苏东坡：

> 千林寒叶正疏黄，占得珍丛第一芳。
> 容易便开三百朵，此心应不畏秋霜。
> ——《中和堂木芙蓉盛开戏呈子瞻》

木芙蓉，又叫拒霜花。陈襄到杭州时正是深秋季节，恰逢木芙蓉盛开。陈襄以木芙蓉不畏秋霜，在寒叶疏黄之际盛开，来象征自己和东坡在政治上不怕被打压，依然保持生命的乐观和开放的心态。

苏东坡当然懂得，便立即和诗一首《和陈述古拒霜花》：

> 千林扫作一番黄，只有芙蓉独自芳。
> 唤作拒霜知未称，细思却是最宜霜。

苏东坡的意思是，木芙蓉在深秋时候独自开放，细细想来，这样的花，称作"拒霜"并不太合适，它其实是最适合霜打的啊。

诗人写花，当然并不仅仅是写花，更多的时候是拿花比人。东坡的意思是，我们这种人，由于在政治上被排斥打压，反而声名愈重，这就不是"拒霜"，而是"宜霜"。

政见相同，爱好相似，境遇又差不多，这样的两个男人，如果走到一起成为同事，那差不多很容易就成"铁哥们儿"了。这时的苏东坡和陈襄，就完全满足上述诸多条件。因此，可以相信，陈襄到杭州一上任，就与苏东坡成为"黄金搭档"，此后两人共同处理公事，一起游山玩水，互相唱和不断。

熙宁六年（1073）正月，苏东坡生了一场病。陈襄邀苏东坡一起出城游春，苏东坡作诗告假，说自己因病不能前往。述古和诗一首道：

> 郊原芳意动游人，湖上晴波见跃鳞。
> 闲逐牙旗千骑远，暗惊梅萼万枝新。
> 寻僧每拂题诗壁，邀客仍将漉酒巾。
> 寄语文园何所苦，且来相伴一行春。

正月二十一日，东坡刚刚病好，作《正月二十一日病后述古邀往城外寻春》一首：

> 屋上山禽苦唤人，槛前冰沼忽生鳞。
> 老来厌伴红裙醉，病起空惊白发新。
> 卧听使君鸣鼓角，试呼稚子整冠巾。
> 曲栏幽榭终寒窘，一看郊原浩荡春。

屋上的山鸡不停地啼唤，门前的水池冰雪消融。自觉年纪已大，厌倦了与红裙相伴的生活，大病初愈，又发觉两鬓长出了新的白发。当我还在病床上，听到太守您出城时吹响的号角，便起身让小儿子给我整理衣帽，准备与您一起春游。曲栏幽榭的小屋子毕竟又寒冷又窘迫，到广阔的原野一看，才知道春色已经浩浩荡荡地来了！

这一年东坡也是奇怪，春天生病，秋天又生病。秋天，苏东坡去了一次径山，回来后就病了，而陈襄又邀请他到凤凰山上的介亭饮酒赏秋光。介亭在凤凰山州府的后面，是治平四年（1067）出知杭州的祖无择对排衙石筑成。在这里可以左眺钱塘江，右望西子湖，一望千里，视野十分开阔。更何况正值深秋季节，天朗气清，景物潇洒。然而，苏东坡却由于身体欠佳，宴饮还没结束，便支撑不住，不得不先走一步。

没过几天，重阳节到，陈襄举办重阳节会，东坡病情依然未见痊愈，只能告假。

上司搞聚会，苏东坡老是由于各种原因缺席，陈襄不大高兴了，写了一首诗责怪他。东坡无奈，作《述古以诗见责屡不赴会复次前韵》诗以答：

> 我生孤僻本无邻，老病年来益自珍。
> 肯对红裙辞白酒，但愁新进笑陈人。
> 北山怨鹤休惊夜，南亩巾车欲及春。
> 多谢清时屡推毂，豨膏那解转方轮。

这首诗中，其实包含了很多信息，是我们了解苏东坡此时思想感情的一把钥匙。

首先，可以确定的是，在这一年的重阳节前后，太守陈襄搞了不止一次聚会。九月初那次，东坡声称"以病先起"。第二次是重阳节宴会，苏东坡在九月初八就告假不出，"亦以病不赴"。然而到了第二天，苏东坡没有参加领导安排的聚会，却驾小舟去了南屏山兴教寺寻访梵臻禅师，去孤山报恩院拜访了高僧惠勤，作诗两首；在惠勤那里，游了许多佛舍，喝了七盏酽茶，又作诗一首；又在舟中看到同僚鲁有开（当时杭州有两名通判，鲁有开于这一年九月刚到杭州，与苏东坡同任通判）在有美堂上宴饮，也写了两首诗"戏之"；随后驾舟在湖上寻找周邠和李行中二人，也写了一首五言长诗。总结来说，重阳节这天，苏东坡以生病为理由，推辞了领导陈襄的宴会，却至少做了寻梵臻、访惠勤、戏鲁有开、寻周李二人四件事，写了至少六首诗——这哪是在生病啊，这分明是与领导过不去嘛！

但是，苏东坡和陈襄，职务上是上下级关系，但在精神上却是至交啊。所以，东坡以生病为理由推辞陈襄的宴会，那只是一个借口。

这一点，陈襄当然不会被蒙过去。所以，在重阳节过后没几天，陈襄再次邀请东坡而被推辞之后，便耐不住性子，写诗责怪东坡了。于是，就有了上文东坡这首答诗。

先来看看东坡的这首诗。

苏东坡的意思是，我缺席领导的宴会，一是由于生性不愿与人交往，参与有那么多人的宴会，况且年老多病，需要保重身体；二是也不愿与那些官场上的"新进"应酬，我与其看他们的嘴脸，不如回老家种地去。多谢您屡次推荐我，然而我自身就像方轮，虽然有您润滑的豨膏（猪脂），终不能使车轮迅捷行进，自惭方拙，有负雅望。

其实，苏东坡在这首诗中告诉了陈襄，他之所以屡找借口不参加宴会，原因正在"但愁新进笑陈人"一句。苏东坡因反对王安石变法而被迫离京，来到杭州，但也有一批人由于追随王安石、吕惠卿而成为政治上的新进和暴发户。可以想见，此时必有年少新进之辈，对东坡有不友好的表示，或讥笑，或挖苦，或讽刺，或者兼而有之。东坡认为不必与此辈计较，但也不愿与之交往。陈襄与周邠相集宴饮时，此辈之中当有参加者。既有此辈参加，苏东坡自以不往为宜。

我们甚至有理由相信，苏东坡九月初的那次"以病先起"，宴会未结束而起身离席，恐怕也是这一原因，所谓"惊节物""怯秋光"未必不是双关用法。

陈襄是何等聪明之人，况且他也是由于反对王安石变法而外放地方。所以苏东坡的一席话解释了所有的原因，这只会更加增进两人的友谊。

但是没过多久，这年十月，苏东坡奉转运司调派，到常州、润州、苏州、秀州一带赈济灾民，这一去就是八个多月，其间东坡写诗给陈襄，表达自己的思念之情。在这些诗作中，苏东坡怀念与陈襄一起在春天里出游的美好时光，深情回忆去年与陈襄一起去吉祥寺观赏牡丹的往事，并说如今又是牡丹盛开季节，我应该火速赶回，在牡丹未谢之前再去观赏。此外，他还作了一首《少年游》给陈襄：

> 去年相送，余杭门外，飞雪似杨花。今年春尽，杨花似雪，犹不见还家。　对酒卷帘邀明月，风露透窗纱。恰是嫦娥怜双燕，分明照、画梁斜。

这首小词，含蓄蕴藉，深情婉转，特别是上阕，冬日雪如杨花，春日杨花似雪，那飘飘扬扬的姿态都与心底的思念相和，不能不让我们想到《诗经》中"昔我往矣，杨柳依依。今我来思，雨雪霏霏"的情致。

但是，人在官场，身不由己。直到六月，苏东坡才结束公事回到杭州，而此时，陈襄已经接到调任通知，与应天府的杨绘对调，苏东坡就要告别这位志同道合又对得上脾气的上司兼朋友了。两人共事两年，在一起走过的无数个风花雪月的日子里，建立了深厚的友谊。因此，对于陈襄的离任，苏东坡依依难舍。在陈襄离杭的那一天，从吴山上的有美堂，到孤山上的竹阁，从西湖的画船到临平的舟上，苏东坡一路相送，送别的词作写了一首又一首。在这些词作中，苏东坡表达了对陈襄的真挚感情，比如"漫道帝城天样远，天易见，见君难"；比如"秋风湖上萧萧雨，使君欲去还留住。今日漫留君，明朝愁杀人"；比如"今夜残灯斜照处，荧荧。秋雨晴时泪不晴"。而最有韵致的，还要数下面这首：

> 湖山信是东南美，一望弥千里。使君能得几回来？便使樽前醉倒、更徘徊。　　沙河塘里灯初上。水调谁家唱？夜阑风静欲归时，惟有一江明月、碧琉璃。
>
> ——《虞美人·有美堂赠述古》

对东坡来说，这一年注定是一个离别之年。送走了陈襄，新任太守杨绘七月到任，到九月，苏东坡也收到了调任密州知州的诏命。苏东坡与杨绘共事两个多月，却也是惺惺相惜。"可恨相逢能几日，不知重会是何年"，又是离情别绪依依，只是这次送别的是杨绘，而离别的成了苏东坡。

杨绘字元素，四川绵竹人，与东坡是同乡，年长东坡四岁。他擅长经学，尤其长于《易经》和《春秋》。仕途方面，曾官至翰林学士，但也因反对王安石变法而被贬出京。

苏东坡对杨绘评价甚高，将其比为三国时的羊祜。

羊祜人品高尚，做事光明磊落，甚至赢得了敌人的敬重。羊祜守襄阳时，一日率领众人去南郊的岘山游览，感慨道："自有宇宙，便有此山。由来贤达胜士，登此远望，如我与卿者多矣，皆湮灭无闻，使人悲伤。"

人在宇宙中的渺小，几等于无，这是古往今来最令圣人英雄难堪的事实。所以羊祜的感叹，直抵了生命深处的悲凉。他死之后，人们在岘山上建了羊太傅庙纪念他，并立碑纪德。后人登山，因了羊祜的感叹，怀古伤今，莫不落泪，因此羊公碑又称为"堕泪碑"。唐代诗人孟浩然曾经在《与诸子登岘山》一诗中说："羊公碑尚在，读罢泪沾襟。"

苏东坡的酬唱作品中，经常以对方的姓氏为由头，将其比作历史上的圣贤。在给杨绘的告别词里，东坡就将杨绘比作了羊祜：

> 东武望余杭。云海天涯两杳茫。何日功成名遂了，还乡。醉笑陪公三万场。　　不用诉离殇。痛饮从来别有肠。今夜送归灯火冷，河塘。堕泪羊公却姓杨。
>
> ——《南乡子·和杨元素时移守密州》

九月，东坡将公事交接完毕，便启程赴密州。苏东坡离杭时，杨绘恰好有事去湖州，于是和他同行，词人张先也同一条船跟着回湖州老家。在湖州，他们与湖州太守一起欢聚数日，于是有了著名的六客之会。

现在轮到张先出场了。

第二节　张先：在他的影响下，苏东坡开始作词

对苏东坡来说，出任杭州通判期间，还有一个很重要的人物，那就是忘年交张先。在张先的影响下，苏东坡开始填词。

词是我国文学史上一种非常重要、非常独特的文学样式，其萌芽时期可以追溯到隋唐，那时，民族的大融合带动了中国本土音乐的发展，词便是配合这种新兴音乐的演唱而产生的。所以，从本质上说，词就是歌词，它最初只在民间流行，后来逐步被文人雅士所注意，成为社交场合重要的文艺形式。只是到后来，随着词的定型、成熟，其便渐渐发展成为一种可以脱离音乐而独立存在的文学样式。

词从产生那天起，就带有与诗不同的"基因"，即它是一种娱乐性、消遣性的抒情文学，伤春悲秋、相思离别、时光匆匆等是它的主要内容，因此有"词为艳科"的说法。到了宋代，范仲淹、欧阳修等人把对仕途的感慨融入其中，才扩大了词的表现内容，但从总体上说，依然跳不出偎红倚翠的藩篱。

杭州处于繁华富丽的江南地区，江南柔媚婉约的风

情，更是为作词提供了天然的模本。这其中，张先就是最负盛名的作词高手之一。

张先，字子野，乌程（今浙江湖州）人，比苏东坡长四十余岁，比北宋名相范仲淹小一岁。因此，无论在词作成就上，还是在年龄上，张先都是苏东坡的前辈级人物。他的词含蓄工巧，情韵浓郁，题材大多为男女爱情、相思离别，深受广大痴情男女的喜爱。琼瑶有部小说《心有千千结》，书名就取自张先的一首《千秋岁》："天不老，情难绝。心似双丝网，中有千千结。"

当然，张先最令人津津乐道的，是他的几个雅号：一是"张三影"，这来源于他词作中的三个"影"字，"云破月来花弄影""娇柔懒起，帘幕卷花影""柳径无人，堕飞絮无影"；二是"张三中"，因为他的词作中有一句"心中事，眼中泪，意中人"；三是"桃杏嫁东风郎中"，也是来自他的一句词："沉思细恨，不如桃杏，犹解嫁东风。"

北宋初期，以苏东坡为代表的豪放派词尚未正式诞生，占领词坛绝对优势地位的是"婉约派"，而婉约派的两个重要代表人物，一个是柳永"柳三变"，另一个便是张先"张三中"。

柳永究竟生于哪一年，今天已经无法考证。我们能够知道的是，在张先四十五岁那年，柳永及第。

在词作方面，张先与柳永齐名。那么两人究竟谁更高一筹？当时有人评价张先不如柳永，但"子野韵高，是耆卿所乏处"。

然而，张先并不服气。

《艺苑雌黄》记载了一个典故：

> 世传永尝作《轮台子》早行词，颇以为得意。其后张子野见之云："既言'匆匆策马登途，满目淡烟衰草'，则已辨色矣。而后又言'楚天阔，望中未晓'，何也？柳何语意颠倒如是！"

大意是说，柳永曾作《轮台子》一词，很是得意。后来张先看到这首词，便指出了这首词的毛病——既然说"满目淡烟衰草"，那就说明早上策马登途时，已经可以看得清东西了，然而后面又说"未晓"，天还没亮，这算是怎么回事？语意也太颠倒了吧！

有关张先与柳永的"交情"，可以考证的仅止于此。

不过，张先一生活了八十九岁，历经北宋初期、中期，

〔宋〕张先《十咏图》

与晏殊、欧阳修、王安石、宋祁、赵抃等文化名人都有交往。根据今人夏承焘的《张子野年谱》，张先致仕后，自七十七岁到去世为止的十二年中，至少有十年是在杭州度过，也正是在这段时间里，苏东坡通判杭州，成为他晚年最重要的"忘年交"。

当代日本学者村上哲见认为，宋神宗时期，在杭州与湖州一带，形成了一个以张先为中心的爱好词的文人社交圈，当时杭州的知事蔡襄、郑獬、陈襄、杨绘和湖州知事唐询、李常等，都留下了相当数量的与张先的和韵应酬之作，苏东坡正是在通判杭州时及之后，加入这一社交圈而开始词的创作的。

苏东坡与张先的交往，是从熙宁五年（1072）开始的。这年十二月，苏东坡从杭州到湖州，第一次见到了张先，并有《和致仕张郎中春昼》一诗。这一年，张先

已是八十三岁高龄，其诗名、词名早已传遍天下。苏东坡在诗中夸他的高寿和诗名："不祷自安缘寿骨，深藏难没是诗名。"还赞他"浅斟杯酒红生颊，细琢歌词稳称声。蜗壳卜居心自放，蝇头写字眼能明"——喝酒脸能红，作词不走调；心态安然，视力很好。

此后，苏东坡与张先的唱和日多。熙宁六年（1073）正月初一，苏东坡作《元日次韵张先子野见和七夕寄莘老之作》。

熙宁七年（1074）九月，苏轼由杭州通判改任密州知州。恰好杭州新任知州杨绘奉诏还京调为翰林学士，遂与东坡同舟离杭，到达湖州时造访湖州太守李常（字公择），张先、陈舜俞（字令举）也同行，与刘述（字孝叔）会于湖州府园之碧澜堂，这就是著名的"六客之会"。

话说这个湖州太守李常李公择，是苏门弟子黄庭坚的舅舅，少年时代就有奋发学习的事迹。他在庐山五老峰下白石庵的僧舍读书时，曾自己手抄书籍，由于用功日久，几至两目尽盲。后来他登进士第后，将手抄的九千卷书，藏在老家江西建昌。东坡曾为之作《李氏山房藏书记》一文，称赞他："既已涉其流，探其源，采剥其华实，而咀嚼其膏味，以为己有，发于文词，见于行事，以闻名于当世矣！"

熙宁初年，李常任秘阁校理，出知地方，虽然从政，却不改学人本色。这次遇上东坡、张先、陈舜俞等毫无政治意味的朋友，相聚湖州，便日日欢宴。

六位友朋登山临水，连日欢聚。以歌词名满天下的张先，此时虽已八十五岁高龄，却依然兴致不减当年，赋《定风波》令：

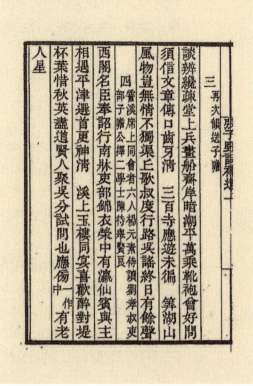

张先"前六客词"古刻本书影

西阁名臣奉诏行，南床吏部锦衣荣。中有瀛仙宾与主，相遇。平津选首更神清。　溪上玉楼同宴喜，欢醉，对堤杯叶惜秋英。尽道贤人聚吴分，试问，也应旁有老人星。

这就是著名的"六客词"，词前有序云："雪溪席上，同会者六人：杨元素侍读，刘孝叔吏部，苏子瞻、李公择二学士，陈令举贤良。"

苏东坡、杨绘、陈舜俞离开湖州时，刘述、张先与李常送他们至松江，夜半月出，置酒于太湖边上的垂虹亭上，纵情欢饮。当空一轮明月，身旁万顷碧波，在邻粼月光的照耀下，太湖更显十分神韵。想起数天前的湖州之会，张先率先自唱六客词，众人抚掌而和之。此时，秋风徐来，水波不兴，夜已阑珊，而六人却兴致正浓。

东坡看着微醉的杨绘，朗声吟诵起数日前写给他的一首《定风波》：

> 千古风流阮步兵，平生游宦爱东平。千里远来还不住，归去，空留风韵照人清。　　红粉尊前深懊恼，休道，怎生留得许多情。记得明年花絮乱，须看，泛西湖是断肠声。

在他看来，杨绘这位挚友，其风流倜傥，不减阮籍当年；其风韵照人，又令红粉断肠。月光本来就容易让人念人怀远，更何况在这即将分手的时刻，更何况又是多情的诗人！面对太湖，回想西湖，客中送客的东坡，已经开始预想离别后的思念了。

眼见东坡动情，一生多情又多才的张先，很快按照东坡的韵脚，和词两首，分送杨绘与东坡。送东坡的一首是这样写的：

> 谈辨才疏堂上兵，画船齐岸暗潮平。万乘靴袍曾好问，须信，文章传口齿牙清。　　三百寺应游未遍，□算，湖山风物岂无情。不独渠丘歌叔度，行路，吴谣终日有余声。

张先和苏东坡，一不小心就开创了历史——从文学史的角度来看，张先的这两首词，首开宋词和韵的先河。在此之后，词人们依韵和词，成为亲友酬唱、较量才华的一种重要方式。

　　然而，这次的六客欢会，是苏东坡与张先的最后一次聚会了。聚会结束，苏东坡继续北上，赴任密州知州。五年后，元丰二年（1079），苏东坡在任湖州知州时，张先已于前一年去世。东坡去张先家里祭拜时，只见堂上挂着张先的遗像，但他的媵妾早已不见踪影，一个也没有留下。苏东坡作《祭张子野文》：

　　子野郎中张丈之灵。曰：仕而忘归，人所共蔽。有志不果，日月其逝。惟余子野，归及强锐。优游故乡，若复一世。遇人坦率，真古恺悌。庞然老成，又敏且艺。清诗绝俗，甚典而丽。搜研物情，刮发幽翳。微词婉转，盖诗之裔。坐此而穷，盐米不继。啸歌自得，有酒辄诣。我官于杭，始获拥彗。欢欣忘年，脱略苛细。送我北归，屈指默计。死生一诀，流涕挽袂。我来故国，实五周岁。不我少须，一病遽蜕。堂有遗像，室无留嬖。人亡琴废，帐空鹤唳。酹觞再拜，泪溢两眦。

第三节　范仲淹、柳永：一个是精神导师，一个是"假想敌"

在苏东坡的一生中，有两个人，他们同时在杭州做过官，虽然与苏东坡未有直接交集，却对苏东坡有重要影响。这两个人，一个是在北宋词坛执婉约派牛耳的柳永，一个是被宋代士人奉为精神领袖的范仲淹。

先说范仲淹。

范仲淹是苏东坡的精神导师。在苏东坡幼年之时，范仲淹就深刻地影响着他。苏东坡年幼读书时，母亲程氏就跟他讲汉代名士范滂的故事，使得苏东坡"奋厉有当世志"，可见，年幼的苏东坡很容易为仁人志士的事迹所感动、所激励。

范仲淹生于宋太宗端拱二年（989），比苏东坡大四十七岁。事实上，苏东坡出生那一年，范仲淹上书批评时政，指斥宰相吕夷简用人失当，被贬饶州（今江西鄱阳）。余靖、尹洙、欧阳修、蔡襄等人为范仲淹辩护，也相继被贬。但在康定元年（1040），范仲淹又被复官至龙图阁直学士。庆历三年（1043），宋仁宗因讨伐元昊，兵久无功，奋然改组政府。为改革弊政，撤换吕夷简、夏竦等保守大臣，启用杜衍、范仲淹、富弼、韩琦、欧阳修等革新派人物，是为"庆历新政"。

对庆历新政，当时的名士、国子监直讲石介写了《庆历圣德颂》一诗加以称颂，此诗序中说："上视汉、魏、隋、唐、五代，凡千五百年，其间非无圣神之主、盛明之时，未有如此选人之精、得人之多、进人之速、用人之尽，实为希阔殊尤，旷绝盛事。"

当时，只有八岁的苏东坡正在乡校读书，有人从京师带来这首《庆历圣德颂》给乡校的老师看。苏东坡刚巧在旁，忍不住好奇心，也踮起脚来在旁偷看，并默默诵习，但对诗中所歌颂的人物没有丝毫的了解，因此就问乡校先生文中所颂的是些什么人。

老师说："你一个小毛孩子，要知道这些干什么？"

苏东坡一听，不服气："这些人难道是天上的神仙？是神仙那我就不打听了。如果也是和我们一样的人的话，为什么我就不能知道他们呢？"

老师一听苏东坡出语不凡，非常讶异，便详细讲解了这些人物，并告诉他：其中韩琦、范仲淹、富弼、欧阳修四人，是我们这个时代的人杰。

苏东坡当时虽然还不能完全理解，但这四个大人物的声名，却自此牢牢地刻在了苏东坡心中。

十四年后，苏东坡在礼部的复试中以第二名的成绩高中进士，名声大噪于文坛，受到了欧阳修、梅尧臣的提携与青睐。此后，他在京城拜见了富弼、韩琦、文彦博等政坛前辈，至此，苏东坡童年时所仰慕的韩琦、范仲淹、富弼、欧阳修四位"人杰"，大都得以见面，唯独范仲淹已于五年前去世，苏东坡只能仰慕其名，无由亲炙。范仲淹去世后，欧阳修作《资政殿学士户部侍郎文正范公神道碑铭》，富弼作《范文正公仲淹墓志铭》，记载了范仲淹伟大的一生，东坡读后泣不成声，感叹说："我从知道范仲淹这个名字就开始仰慕他，'盖十有五年而不一见其面，岂非命也欤'。"对此，韩琦、富弼、欧阳修也为其感到遗憾，说："恨子不识范文正公。"

在苏东坡的眼中，范仲淹之为士，是如伊尹、姜太公、管仲、乐毅一类的人物，为人则"仁义礼乐，忠信孝悌"，为官则"有忧天下致太平之意"，因此"天下信其诚，争师尊之"。事实上，正是范仲淹以其"先天下之忧而忧，后天下之乐而乐"的精神，为有宋一代的知识分子树立了崇高的榜样，在他之后，欧阳修、王安石、苏东坡、范纯仁等一大批士人官僚都以范仲淹为精神旗帜，从而造就了中国历史上士人精神大放异彩的一个时代。苏东坡终其一生，都以致君尧舜、慷慨许国为其精神底

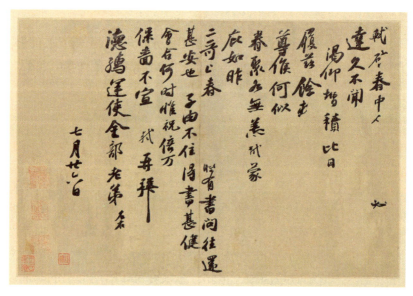

〔宋〕苏东坡《春中帖》　此帖是苏东坡写给范纯粹（字德孺）的信札，范纯粹是范仲淹第四子

色，在仕途顺畅之时，想的是"致君尧舜，此事何难"，在被贬远方之际，叹的是"许国心犹在，康时术已虚"，这些正是范仲淹"先忧后乐"精神在苏东坡身上的回响。

元祐四年（1089），五十四岁的苏东坡在为范仲淹的文集写序时，回顾了他与范仲淹的精神交集，说未能与范公晤面，以为"平生之恨"，并以为其文集作序而深感荣光："若获挂名其文字中，以自托于门下士之末，岂非畴昔之愿也哉！"

"上有天堂，下有苏杭。"作为苏州人的范仲淹，曾两度与今天的杭州发生关系。第一次，是在景祐元年（1034）四月，范仲淹四十六岁时被贬至睦州任知州。虽然在睦州知州任上只有短短两个月，范仲淹却留下了重要的政绩，那就是他在凭吊严子陵钓台后，重修严子陵祠堂，并建立了龙山书院。此外，他还写下了著名的《严先生祠堂记》这篇文章，文章篇末有一千古流传、脍炙人口的名句："云山苍苍，江水泱泱。先生之风，山高水长。"这也成为历代对严子陵的最高评价。

宋时的睦州治所在今天的梅城镇，下辖今建德、桐庐、淳安等县市。范仲淹在政务之余，寄情山水，写出了不少佳作，最著名的就是《潇洒桐庐郡十绝》，其中有"潇洒桐庐郡，乌龙山霭中。使君无一事，心共白云空"等句，到今天，"潇洒桐庐"还成为桐庐旅游对外宣传的口号。

范仲淹与杭州的渊源，第二次发生在皇祐元年至皇祐二年（1049—1050），这两年范仲淹任杭州知州。在杭州任上时，恰逢吴中大饥，范仲淹打开司农的粮仓救荒，又开创了以工代赈的救灾方式。他号召各寺庙可因饥年的工价便宜而大兴土木，并以工代赈修建粮仓吏舍，以此拉动内需，扩大消费，刺激生产，增加就业岗位，"发有余之财以惠贫者"。同时，利用价值规律这一杠杆调节粮价，促进流通，使外地粮食源源不断地运往杭城。在范仲淹的治下，"是岁，两浙唯杭州晏然，民不流徙，皆文正之惠也"。

对西湖风光，范仲淹也不吝笔下之情："长忆西湖胜鉴湖，春波千顷绿如铺。吾皇不让明皇美，可赐疏狂贺老无。"范仲淹与著名的隐士林逋林和靖也有交往。当时林和靖已在孤山隐居，范仲淹曾有数首诗作写给他，其中一首《寄林处士》写道："片心高与月徘徊，岂为千金下钓台？犹笑白云多事在，等闲为雨出山来。"

与白云一起出山的，是柳永。

柳永的出生年代，按照今人唐圭璋先生的考证，是在宋太宗雍熙四年（987），这个推断大体不差，若有提前或推后，也只是一两年的误差。因此柳永可以说是范仲淹的同龄人。巧合的是，皇祐元年（1049），柳永几乎与范仲淹同一时间来到杭州任上，范仲淹是杭州知州，而柳永则为都官员外郎。这年正月二十二日，范仲淹代替旧守蒋堂上任杭州知州，在送旧迎新的府会上，比范仲淹早到一个月左右的柳永，写了一首《瑞鹧鸪》词赠范仲淹：

> 吴会风流。人烟好，高下水际山头。瑶台绛阙，依约蓬丘。万井千闾富庶，雄压十三州。触处青蛾画舸，红粉朱楼。　　方面委元侯。致讼简时丰，继日欢游。襦温裤暖，已扇民讴。旦暮锋车命驾，重整济川舟。当恁时，沙堤路稳，归去难留。

这首词的上阕是赞美杭州的风光和富庶，"雄压十三州"；下阕是说范仲淹政声卓望，当命他当宰相，等他回朝当宰相时，杭州想留他也留不住了。

这应该是柳永与范仲淹唯一的一次交集。次年（1050），范仲淹就离开了杭州，并于两年后去世。而柳永则继续留在杭州，一直到至和二年（1055）春末夏初才调回汴京。算起来，柳永在杭州，共有五年多时间。

至和元年（1054），也就是他离开杭州的前一年，柳永写了一首词赠给当时的杭州知州孙沔，这就是著名的《望海潮》：

> 东南形胜，三吴都会，钱塘自古繁华。烟柳画桥，风帘翠幕，参差十万人家。云树绕堤沙。怒涛卷霜雪，天堑无涯。市列珠玑，户盈罗绮，竞豪奢。
>
> 重湖叠巘清嘉。有三秋桂子，十里荷花。羌管弄晴，菱歌泛夜，嬉嬉钓叟莲娃。千骑拥高牙。乘醉听箫鼓，吟赏烟霞。异日图将好景，归去凤池夸。

如果在有关杭州的历代词作中，只选出一首代表性的作品，恐怕就是这首《望海潮》了，这首词名声之大，传说金主完颜亮闻之，"欣然有羡于'三秋桂子，十里荷花'，遂起投鞭渡江之志"。而如果在有关西湖的历代诗词中，只选出一首代表性作品，那恐怕就是苏东坡的那首"水光潋滟晴方好，山色空蒙雨亦奇。欲把西湖比西子，淡妆浓抹总相宜"了。

柳永写《望海潮》时，远在四川眉山的苏东坡只有十九岁，还没在文坛上崭露头角。不过我相信，在十七年后，当苏东坡来到杭州任通判时，他已经读到了这首词。而且，当苏东坡在杭州跟从张先学习填词之后，在他的内心深处，应该有把柳永作为一个"假想敌"，一个暗自比拼的对象。

〔明〕仇英《东坡寒夜赋诗图卷》

宋俞文豹《吹剑续录》记载：

> 东坡在玉堂，有幕士善讴，因问："我词比柳词何如？"对曰："柳郎中词，只好十七八女孩儿，执红牙拍板，唱'杨柳岸①，晓风残月'；学士词，须关西大汉，执铁板，唱'大江东去'。"公为之绝倒。

"我词比柳词何如？"实际上暴露了苏东坡在填词创作上的一个隐秘的心理，那就是要与柳永代表的婉约派一比高下。在宋代，作为婉约派鼻祖，柳永词作的影响非常大，甚至可以说北宋词坛是柳永的天下，即使到了南宋，崇柳、学柳仍是一种风气。在柳永的身后，可以罗列出一长串名单：张先、秦观、李清照、周邦彦……而总体来说，"豪放派"只是词坛风格中的一个异类，两宋一代，除了苏东坡首开风气之外，到南宋，其传承者仅有张孝祥、辛弃疾等少数主战派词人，甚至直到东坡去世一百多年后，李清照还是认为"词别是一家"，并曾批评苏东坡的词作是"句读不葺之诗尔，又往往不协音律"。

① 《苏轼词编年校注》引《吹剑续录》，"杨柳岸"原作"杨柳外"。

　　因此，苏东坡与婉约派的较力，就不会仅仅体现在与柳永的比较上。《王直方诗话》中记载：

　　　　东坡尝以所作小词示无咎、文潜曰："何如少游？"二人皆对云："少游诗似小词，先生小词似诗。"

　　"何如少游"之问，与"我词比柳词何如"之问，其实是同一种问，那就是苏东坡希望从他人的体认中，确认自己所开创的豪放派词作有别于婉约派的独立价值。毕竟，在北宋一代，作为豪放派的开创者，苏东坡带有单枪匹马作战的意味，与他同路的战友实在太少。他本人并不反对婉约，但他内心深处肯定希望自己的弟子们更多地能与自己一道，别开生面，让词作的风格显示出另一种可能。因此，有一次，东坡见到秦观，直接批评他的一些词作未脱《花间》习气："想不到我们分别后，你小子却开始学起柳七的词作来了。"

　　秦观一听很是委屈，他自认为词风深婉清丽，与柳永的绮靡香软还是不同的，于是辩解道："我虽然不咋的，但也不至于到那地步啊。"

苏东坡哼哼一笑:"那你说'销魂。当此际,香囊暗解,罗带轻分',难道不是柳七的用语?"

一句话,让秦观无言以对。

苏东坡所揶揄的那几句,出自秦观的词作《满庭芳》,这首词其实是秦观的代表作之一,虽然写的是艳情,但整首词情词双绝,而且有身世之感。其实,在见到秦观之前,苏东坡早就读到此词,并与晁补之等人品评过一番,特别是对于开头两句,苏东坡非常激赏,赞不绝口,并对晁补之开坑笑说:"今后见到秦少游,我将不称其字,就叫他'山抹微云君'得了。"

因此可以看出,苏东坡对柳永的不满,或者说对柳永"有意见",主要是对其绮靡香软的词风有意见。而对柳永词作中高远辽阔的部分,也不吝赞美。苏东坡的好友赵令畤在他的笔记《侯鲭录》中记载了苏东坡评价柳永的一条轶文:

> 世言柳耆卿曲俗,非也。如《八声甘州》云:"霜风凄紧,关河冷落,残照当楼。"此语于诗句,不减唐人高处。

"不减唐人高处",对于宋词来说,还能有比这更高的评价吗?

第四节　周邠：杭州的县官中，他最有诗才

江南的五月，淫雨霏霏。

这是苏东坡到杭州后的第二个夏天。正是梅雨季节，大雨断断续续地下了半个多月，使得西湖水面大涨。

五月十日，连续多日的雨云散去，西湖的上空出现了久违的太阳。

这一天，钱塘县令周邠与惠勤、惠思，以及清顺、可久、惟肃、义诠等杭州有名的僧人一起泛舟西湖。

"如果今天苏学士也在的话，又能读到他才气纵横的诗作了。"惠勤望着湖光明灭的一片湖水叹道。

原来，数天前，苏东坡曾与他们一道泛舟西湖，并赋诗一首，起句"三吴雨连月，湖水日夜添。寻僧去无路，潋潋水拍檐"，便让一众同游者连连赞叹。

"听说苏学士今天有客人要招待，大概就在有美堂吧！"惠思接着惠勤的话头说道。然后他目光转向周邠："周县令，要不我们去有美堂看看？"

周邠，字开祖，钱塘人。他是嘉祐八年（1063）的进士，曾任乐清知县，元祐年间（1086—1094）知守过吉州。苏东坡任杭州通判时，他是杭州钱塘县县令。周邠官位虽低，诗才却高，苏东坡、惠思等人早闻其名。

周邠应道："好！"便命船夫向着吴山方向划去。

画船还未到涌金门，周邠等人便听到一阵阵欢声笑语，从吴山有美堂传来。周邠略一沉吟，便赋诗一首，吩咐仆从送给苏东坡。

这天，苏东坡果然在应酬。原来是临安县令苏舜举来访，苏东坡在有美堂大摆筵席，接待苏舜举，并命歌女以歌舞侑酒。

饮酒正酣时，苏东坡收到小厮报来的周邠诗作。苏东坡与苏舜举展卷阅读，但见周邠的诗卷上写道：

堂上歌声想遏云，玉人休整碧纱裙。

〔宋〕苏东坡《游虎跑泉诗帖》　诗原题《游祖塔院诗》，《晚香堂苏帖》题作《游虎跑泉》。祖塔院即虎跑定慧寺

妆残粉落胭脂晕，饮剧杯深琥珀纹。

簪屦定知高楚客，笑谈应好却秦军。

莫辞上马玉山倒，已是迟留至夜分。

"簪屦定知高楚客，笑谈应好却秦军。"苏东坡读到这里，不禁击节赞叹："好诗，好诗！"他对苏舜举说："这个钱塘县令周邠，诗才奇高，可惜一直仕途不畅，久沉下僚，可惜啊可惜！"

"既然如此，学士何不和诗一首，鼓励鼓励他呢！"

东坡颔首微笑，心中早有布局，便提笔和诗两首，吩咐仆从送给周邠。

苏东坡的这两首和诗，第一首起句便夸周邠的诗："蔼蔼君诗似岭云，从来不许醉红裙。"说周邠的诗作如岭上之云，飘逸不群又富于变化，但从来不会给那些漂亮女子写诗。然后他说，我不知道你曾穿着木屐在山中行走，却看到了你在湖上泛舟。只可惜你正在守丧，我不能邀请你来喝酒唱歌。唯有这晚风和落日，本来就不属于任何人，我和你一起分享吧！

第二首诗是把周邠比作汉朝的扬雄、南朝的羊欣："载酒无人过子云，掩关昼卧客书裙。"说自己非常钦慕周邠的才华。我这里的歌女歌喉美妙，喝酒喝得脸上泛起了红晕；而你却与僧侣们一起出游，又写得这首好诗。

这次的唱和，让苏东坡更加欣赏周邠的诗才，而周邠也对苏东坡更为崇敬，两人的走动更加多了起来。

这年（熙宁七年）七月，东坡生了一场病，没有心情跟别人同游，便独自去了净慈寺，去拜访宗本禅师。

位于杭州南屏山的净慈寺，今天以西湖十景之"南屏晚钟"而闻名。净慈寺始建于后周显德元年（954），当时称慧日院。宋太宗时，赐匾额"慈化"，此后定慧禅师道潜和尚在此开山，智觉禅师延寿和尚继承衣钵，到宗本禅师住持时，净慈寺已有逾百年的历史。宗本禅师是常州无锡人，俗姓管，十九岁时就跟随苏州承天寺永安道升禅师出家。陈襄知守杭州时，为振兴杭州佛教，想邀请宗本禅师到杭州，让他在承天寺、兴教寺之中任选一处居住，苏州人知道这个消息后，就堵在路上挽留宗本禅师。后来，陈襄又以净慈寺坚请宗本，并写了一封信给苏州百姓，说："我们只借用宗本禅师三年时间，为杭州栽培福泽，不敢久占。"苏州百姓这才让宗本禅师到杭州来。到元丰五年（1082），宋神宗特召宗本到京师，宗本遂成为慧林寺第一代祖师。宋哲宗时诏赐佛号"圆照禅师"，

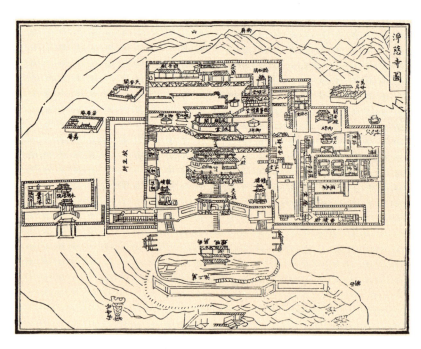

净慈寺图　出自《净慈寺志》

因此后人多以"圆照宗本禅师"称之。

苏东坡这次到净慈寺之时，正是宗本禅师住持。此时的净慈寺，有千佛阁、五百罗汉堂等建筑，寺院规模已经与灵隐相当。净慈寺在南山，灵隐寺在北山，成为当时杭州最大的两座庙宇。

苏东坡独游净慈寺，很快传到了周邠耳里。周邠想到欧阳修有一首诗说："使君厌骑从，车马留山前。行歌招野叟，共步青林间。"东坡今日之乐，不正与欧阳修诗中所写相仿佛吗？于是他作诗一首，寄给了苏东坡：

> 放归雏骑独寻山，直入青萝翠霭间。
> 谢客杖藜方自适，阮公蜡屐许谁攀。
> 何愁白发能添老，须信黄金不买闲。
> 应向林泉真得趣，徜徉终日未经还。

诗的大意是说，苏东坡谢却随从车马，独自走入山中的翠霭。手持杖藜，脚着蜡屐，自由自在，头上虽有白发，心却不老，这可是黄金都难以买到的悠闲。终日徜徉在山林之中，享受林泉之趣，都忘记了回家的时间。

苏东坡收到周邠的诗后，便"因次韵答之"：

> 卧闻禅老入南山，净扫清风五百间。
> 我与世疏宜独往，君缘诗好不容攀。
> 自知乐事年年减，难得高人日日闲。
> 欲问云公觅心地，要知何处是无还。

"君缘诗好不容攀"，在这首诗里，苏东坡再次对周邠的诗才表示佩服。

〔宋〕苏东坡自书《西湖诗》

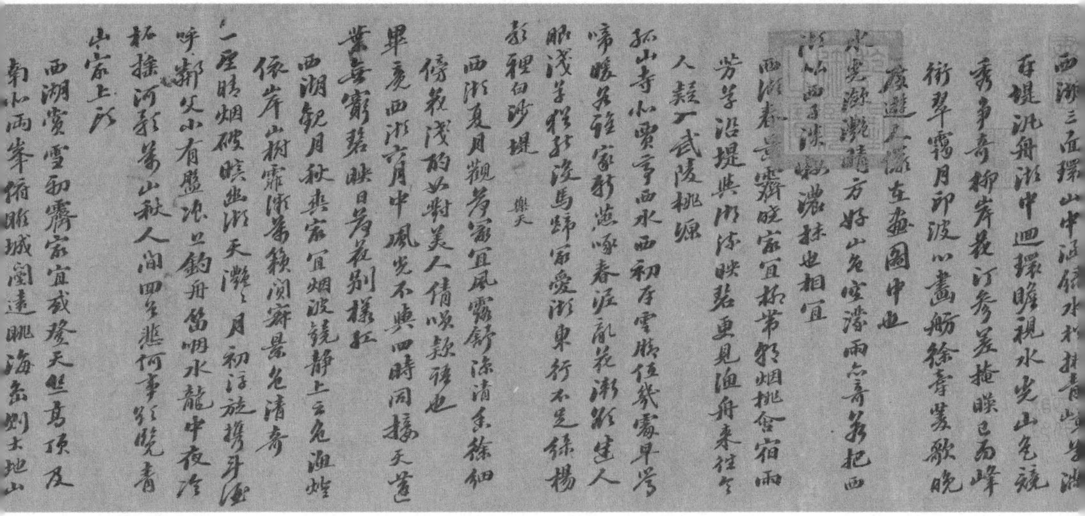

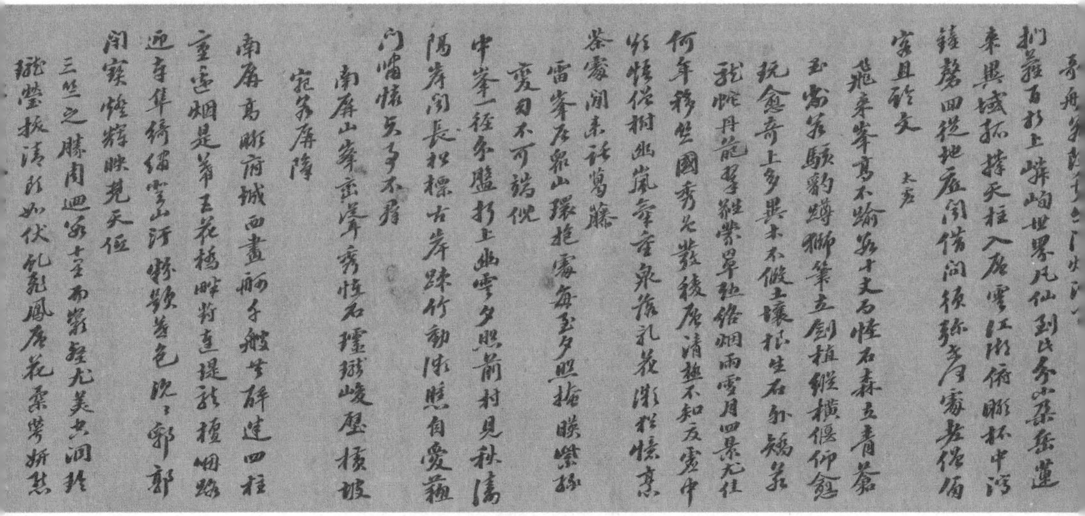

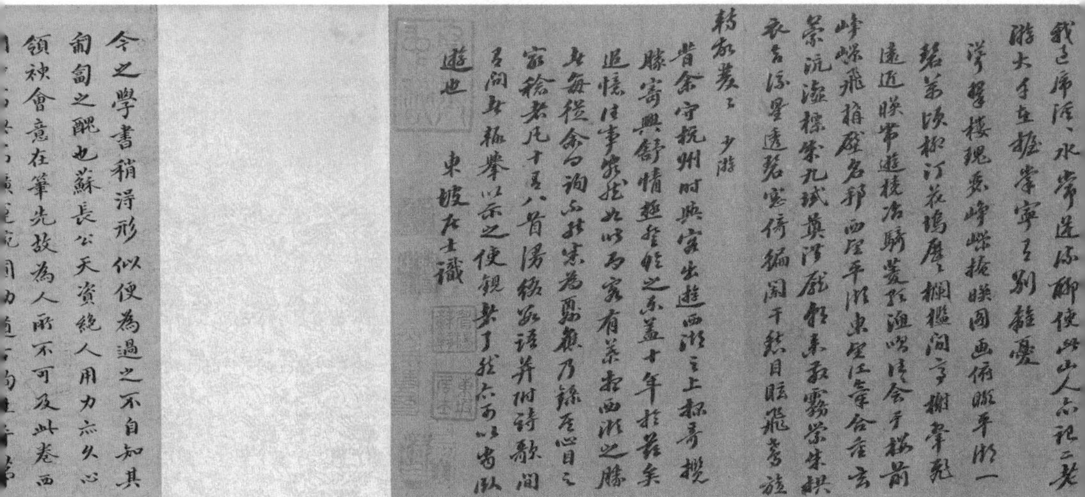
東坡居士識
今之學書稍得形似便為過之不自知其
前面之醜也蘇長公天資絕人用力亦久心
領神會意在筆先故為人所不可及此卷西

苏东坡与周邠，同地为官，同有诗才，两人惺惺相惜，一见如故，建立了深厚的友谊。然而宦海江湖，身不由己，到熙宁六年（1073）十月，苏东坡奉转运司调派，往常州、润州、苏州、秀州赈济灾民，周邠与之同行。到第二年（1074）四月，苏东坡在从润州到丹阳时，周邠的调令来到，两人不得不分手告别。周邠作诗一首给东坡，"莫恨明朝又离索，人生何处不匆匆"，以表达人生离合的悲欢。

苏东坡则作诗两首送其赴任。第一首是说春天已老，即将归去，正是绿树成荫结子之时。在这个春天里，自己深感寂寞孤独，打发春天的唯一方式，就是读周邠的诗。如今春已归去，早上饮酒看不到牡丹花卉了，唱着《金缕歌》也只能空叹时光飞逝。"从此年年定相见，欲师老圃问樊迟。"我相信以后年年能够看到牡丹，因为看到它就能想起与周邠一起看牡丹的时光，则表达了一种乐观的人生态度。

第二首是这样写的：

> 莫负黄花九日期，人生穷达可无时。
> 十年且就三都赋，万户终轻千首诗。
> 天静伤鸿犹戢翼，月明惊鹊未安枝。
> 君看六月河无水，万斛龙骧到自迟。

诗中充满了对周邠的安慰和同情。周邠是个很有才华的人，但他的仕途并不顺畅，一直无人为之援引举荐，做的是小小的县令，才华难以施展。苏东坡以黄花晚开为喻，安慰周邠大器晚成，人生终有达时。说周邠的诗赋之价值，比得过万户侯。今天的周邠，不过是敛起翅膀的飞鸿，是还没找到可以栖枝的惊鹊，是等待河水涨起的大船，只要时来运转，就能鹏程万里。

　　苏东坡与周邠这一别就是五年。此后，苏东坡由杭州而密州，由密州而徐州，直到元丰二年（1079），苏东坡从徐州赴湖州知州任，而此时，周邠为乐清县令。周邠闻知东坡又到江南，便寄诗一首给东坡，东坡则作长诗《次韵周开祖长官见寄》。在诗中，东坡回顾感叹了为官之不易，也回忆了与周邠的友情，其中写道：

忆昔湖山共寻胜，相逢杯酒两忘忧。

醉看梅雪清香过，夜棹风船骇汗流。

百首共成山上集，三人同作月中游。

　　这说明东坡与周邠的诗作唱和，共有一百多首，并曾编为《山上集》以为纪念，两人之友谊可见一斑。同时，东坡对周邠的仕途不畅再次寄予了同情："海南未起垂天翼，涧底仍依径寸麻。"说周邠心怀大志，只可惜仍然沉沦下僚，未能展翅高飞。

第五章

苏公事业传千古
——苏东坡与杭州德政

　　1935 年 7 月的一个夏日，细雨迷蒙。杭州著名作家郁达夫坐在孤山"楼外楼"酒楼临湖的一个隔间内，透过窗户看着烟雨迷蒙的西湖，眺望绿柳成荫的苏堤，诗兴大发，口占一绝：

　　　　楼外楼头雨似酥，淡妆西子比西湖。
　　　　江山也要文人捧，堤柳而今尚姓苏。

　　二十八个字，用了三个典故，两个与苏东坡有关。"淡妆西子比西湖"，自然出自苏东坡的"欲把西湖比西子，淡妆浓抹总相宜"；而"堤柳而今尚姓苏"，所说的就是苏东坡开湖筑堤的典故了。

　　苏东坡一生宦迹天涯，为政八州，贬谪三地，抗旱抗洪，灭蝗捕贼，赈灾救民，活人无数；但若说起他的地方政绩，首屈一指而且影响深远的，还是要数他在杭州的疏浚西湖，修筑长堤。

　　"江山也要文人捧"，其实这一句，才是郁达夫这首诗的诗眼。如果没有苏东坡疏浚西湖，也许会有别人来疏浚，但是如果没有苏堤，今天的西湖就少了一道文化的风景，"西湖十景"就少了一个打通南北气脉、统领西湖全局的"点睛"式景点——"苏堤春晓"。而我相信，唯有苏东坡有那样的灵感、那样的天才和想象力，在西湖的中间筑出一条南北长堤来。

然而，罗马不是一天建成的。东坡当年在杭州兴修水利，治湖筑堤，不但需要有因缘际会的好运气（两度任职杭州），还要从实践中积累经验，从现实中寻找帮手。考察苏东坡的水利工程，确是有着一条"由小到大，由点及面"的鲜明线索。换句话说，东坡在杭州的"治水工程"，从"治井"开始尝试，以"治河"积累经验，到最后再"治湖"。井是"点"，河是"线"，湖是"面"，点、线、面的次第递进，说明苏东坡为政的务实作风，在民生工程上对好大喜功的拒绝。

第一节　"苏堤春晓"是这么来的

苏东坡的"治井",贯穿了他的通判和知州两个任内。

杭州由于濒临大海,水质苦恶,只能在靠山处凿井出泉,以供饮用,但如此一来,能够受用的人就不多,这给人民生活和城市发展带来很大的不便。唐德宗时,杭州刺史李泌开凿"六井",引西湖水入城。六井从南往北排列,其入水口依次列于今湖滨一公园至六公园、少年宫一线上,分别为相国井、西井、金牛池、方井、白龟池、小方井。六井的开凿,改善了杭州市民的饮水状况,加快了城市人口向湖滨一带迁移,成为杭州百姓有口皆碑的一大盛举。

李泌之后四十年,唐代大诗人白居易任杭州刺史,接续李泌的事业,把埋塞的六井加以疏浚,再次使湖井相通,并在湖上刻石以记,杭州人从此长期赖六井生活。

从白居易到苏东坡,大概又过了二百五十年,六井再次废坏,城内居民又为卤饮所苦。为了饮用之水,他们只能到西湖,甚至到数里外的山边荷担汲泉,来回奔劳,不堪其苦。苏东坡在他的《钱塘六井记》中记载道,六井中的金牛池早已废弃。苏东坡来杭之前,杭州太守沈文通曾在六井的南边凿了南井，并在涌金门外并湖而北建了三个水闸，以石沟贯城向东引水，为南井、相国井、方井，以及由相国井派生的西井提供水源，其余的白龟池和小方井已经"匿沟湖底，无所用闸"了。

熙宁五年（1072）秋，苏东坡来到杭州任通判的第二年，新任太守陈襄（述古）到任。陈襄与苏东坡一起访问民间疾苦，了解到了"六井不治，民不给于水"的痛苦。杭州百姓告诉他们说，六井治理不好，杭州百姓吃不到水。十几年前新挖的南井，也由于石沟低于井的水面，大量湖水流失于地下，因此南井的水也不够吃。陈襄听了百姓的诉苦后，回答说：我在杭州为官，难道还能让百姓喝不上水吗？

陈襄和苏东坡将治理六井的事，交给了仲文和子珪两个和尚办理。仲文和子珪又带领他们的徒弟如正、思坦等人做帮手，组成了一支二十多人的"治井小分队"，辅佐官府修井。

仲文和子珪是富有经验的治井高手。他们从比较容易见成效，可以尽快解决杭州百姓用水的相国井开始治理。先是开掘石沟，清除泥污，更换井壁上的石块，填塞漏水的缝隙，疏通通水的渠道。很快，相国井便大水如注，甚至漫出井坎，向外溢流后注入河中，河中也是大水漫灌，很多船只都可以行驶其中。

其次是迁移方井。方井在杭州城西北，俗称四眼井，此时方井之水已经浑浊而恶臭，无法原地整治，便将其移至原址稍西的地方，结果在距新址四五米远的地方，竟然找到了方井的故基。杭州的父老也很惊奇地感叹："这是老方井的旧址啊！是一个叫李甲的人将它迁到这里来的，算起来已经有六十年了！"

治井的第三步，是疏通涌金池，并将其分为上池、中池、下池三部分，上池之水只供饮用，中池、下池用于浣衣、浴马等生活用水。此外，还在涌金门外建造了两个闸门：一个通涌金池上中下三池，使其注于河流；另一个则置于石栏杆中间，用毛竹连缀起来，做成五管圆筒，让湖水从圆筒中流出，沿着河岸向东，经过三座桥进入石沟，最后注入南井。如此一来，由于水位高，水势就急，南井之水就常处于满溢状态了。

这次治井，一共修筑了四个水闸，闸门均以石墙围住，用锁锁住，有专人管理。

陈襄、苏东坡的这次治井，选在农闲时节，从熙宁五年（1072）秋天到熙宁六年（1073）春天，历经半年，大功告成。这一年，从江淮地区到浙江北部发生了严重的旱灾，所有的水井都干涸枯竭，饮用水价暴增，老百姓用水坛盛水赠予亲友，就如馈赠酒酿一样珍贵。但由于西湖六井的整治，杭州的百姓，无论是步行肩挑，还是驾船乘舟，南到龙山河，北到古运河甚至盐官，都有井水充分供应，不仅保证百姓的饮用，还能供应牛马牲畜的饮用，以及洗衣沐浴等生活用水。这时候，汲用井水的百姓，都念佛来祝颂陈太守和苏学士，感念他们造福杭城百姓。熙宁七年（1074），陈襄和苏东坡先后调离杭州，杭城百姓含泪为其送行。

从这次"治六井"的经验中，苏东坡认识到，水是人们须臾不可缺少的。虽然大旱以至于井水枯竭，并不是经常发生的事，但也正是不经常发生，而让人们忽视了它"须臾不可缺少"的特性，从而放松了对水利的治理，一旦碰到天灾，百姓就会遭遇苦难。因此，他写了《钱塘六井记》，"详其语以告后之人，使虽至于久远废坏而犹有考也"。

十五年后，元祐四年（1089）七月，苏东坡第二次来杭为官，这次任知州，为一州之长。这次来到杭州，恰遇浙西水旱相连，饥馑瘟疫侵害百姓。苏东坡连续上书朝廷，请求政府拨粮拨款赈济浙西七州。在赈济救灾过程中，苏东坡认识到，要彻底防治水旱之灾，必须从井、河、湖三个层面上，由点及面地彻底整治杭州的水利工程。因此，他在疏通运河通道和疏浚西湖的同时，再次疏浚六井。

此时，距离前次治井已经十八年，沈公井（南井）复坏，一年到头井水枯涸，离井水较远的杭州居民，大概要花七八个铜钱才能买一斛水。而军营由于人多，用水量大，就更为用水所苦。

为还杭州百姓以饮水，苏东坡再次寻访当年的治井四僧：仲文、子珪、如正、思坦。然而岁月沧桑，斯人已去，四人之中，仲文、如正、思坦三人均已作古，唯独子珪尚在人间，"年已七十，精力不衰"。苏东坡问他沈公井复坏的缘由，他回答说：熙宁年间，沈公井虽然修复完好，然而当时就地取材，用竹筒作水管容易朽烂腐坏。

因此，这次治井，苏东坡与子珪筹划，以瓦筒代替竹管，并将其放置在石槽内，然后加厚底盖，将瓦筒周边封闭严实，这样不但可以使水保持畅通，还可以长久使用。在子珪的指挥下，施工者又将六井溢出之水，引到仁和门外的五个军营，新凿两井，使原来离井最远、难于汲水的居民和军营也能就近饮用井水，从此"西湖甘水，殆遍一城，军民相庆"。

"若非子珪心力才干，无缘成就。"苏东坡将治井的功劳，记在了民间水利专家子珪的头上。记功就得请赏。子珪是佛门中人，无需金钱，无需官职，苏东坡便上奏哲宗皇帝，请求特赐子珪"惠迁"师号。

在《乞子珪师号状》中，苏东坡这样写子珪："……委有戒行，自熙宁中及今，两次选差修井，营干劳苦，不避风雨，显有成效。如蒙圣恩赐一师号，即乞以惠迁为号，取《易》所谓'井居其所而迁'之义。"

这一奏议，得到了皇帝的恩准。后来，沈公井所在的地方被称为"沈公井巷"，巷边的桥被命名为"惠迁桥"。

苏东坡的治河，主要就是疏浚沟通大运河与钱塘江的两条水上交通要道：盐桥河（即今天的中河）与茅山河（即今天的东河）。其中盐桥河横穿杭城南北，流经市中心的稠密居民区，曾在城内交通上长期起着重要作用，清澈的河水还解决了沿河两岸居民的生活用水。

但是，始凿于唐朝的这两条河，水源原来是经过茅山河取于钱塘江，钱塘江潮携带的大量泥沙，常使盐桥河河道淤塞，造成舟行困难，运输不便。

苏东坡知守杭州，首先对这两条河下手。他访求了杭城父老的意见，又与很有点水利知识的主簿苏坚（字伯固）商议，认为江潮灌溉城中的河流，岁月已久，如果采用五代时钱镠筑堰建闸、阻止江潮的办法，工程较大；而且西湖葑塞，积水不多，对城中河道起不了调节作用。参古酌今，决定采取"先治河，后治湖"的方针，打通西湖、六井和运河之间的地下水道，在水渠中间做石柜贮水等，以根本解决百姓生活用水问题。

计划已定，苏东坡就利用钤辖浙西路兵马的便利，调集了一千多名地方军，从元祐四年（1089）十月开始，日夜开挖，历时半年，到第二年四月竣工，将盐桥河与茅山河河床，都开深到八尺以上，自此公私船只可以称便通航。杭城父老额手相庆："自三十年已来，开河未有若此深快者也。"

为了防止河床再度淤塞，苏东坡还接受苏坚建议，在茅山河与盐桥河南边交汇的地方（即现在的过军桥西）设置一闸门，每遇上潮时就关闭，让潮水流经茅山河十余里后，再入盐桥河，这样潮水不能进城，既保证了水源，又避免淤塞之患。在疏浚西湖之后，又重新引西湖水从涌金门入盐桥河，使整条盐桥河，下纳江潮的清流，上引西湖的碧水，终年清水长流，全城居民可以用上清洁河水，还可以通船往来，便利商民。

疏浚杭州西湖，是一项巨大的工程。唐代白居易在杭州做刺史时，曾经疏浚西湖，引水灌田。宋代以来，政府疏忽了这一工作，湖水逐渐干涸，湖内长满了葑草。熙宁年间（1068—1077），苏东坡通判杭州，看到西湖年久失修，已经淤塞十之二三时，就曾想疏浚西湖，无奈三年任满，他转迁密州，志乃不遂。

这一次，苏东坡重来杭州，"江山故国，所至如归"。杭州人民知道苏东坡重视水利，在治理了盐桥、茅山两河后，就在元祐五年（1090）四月，组织了一百一十五名父老相约来到杭州州府，联合请求苏东坡治理西湖。他们说，西湖之利，上自运河，下及民田，杭州四五十万人口，都要靠它饮水吃饭，并不是只有游玩观赏的好处。但近些年来，西湖堙塞过半，水面日益缩减，葑葑滋生如云翳空，如此下去，"更二十年，无西湖矣"！

苏东坡第一次来到杭州时，西湖的淤塞面积已经达到十之二三。时隔十六七年，到苏东坡第二次来杭州时，西湖已经淤塞一半了。西湖的淤塞严重影响了这一带的农业生产，昔日繁华富庶的人间天堂，如今即使在收成尚好的年份，也显得有些凋零了。苏东坡认为：

> 杭州之有西湖，如人之有眉目……使杭州而无西湖，如人去其眉目，岂复为人乎？

他决定上书朝廷，请求疏浚西湖。

苏东坡亲自沿湖进行了考察，还派人丈量了湖上的葑田，计有二十五万余丈，需要二十余万个工才能开浚好。要把西湖挖深，必须尽去葑草；但若把葑草淤泥都堆置在岸上，不但费时费工，也无处可堆。于是东坡想到，从湖南岸到湖北岸，绕行要三十余里，沿湖往来，很不方便；如果将挖掘出来的淤泥堆筑一条长堤，以通南北，这样既浚深了湖水，清除了葑田，又便利了淤泥的堆积，省了工时，更便利了交通，岂不是一举三得？

想到此，苏东坡一连写了两道奏章，反映西湖所面临的严重局势，为全面整治西湖争取必要的经费。

苏东坡向朝廷提出了西湖必须疏浚的五条理由：

> 天禧中，故相王钦若始奏以西湖为放生池，禁捕鱼鸟，为人主祈福。自是以来，每岁四月八日，郡人数万会于湖上，所放羽毛鳞介以百万数，皆西北向稽首，仰祝千万岁寿。若一旦堙塞，使蛟龙鱼鳖同为涸辙之鲋，臣子坐观，亦何心哉！此西湖之不可废者，一也。
>
> 杭之为州，本江海故地，水泉咸苦，居民零落，自唐李泌始引湖水作六井，然后民足于水，井邑日富，百万生聚，待此而后食。今湖狭水浅，六井渐坏，若二十年之后，尽为葑田，则举城之人，复饮咸苦，

其势必自耗散。此西湖之不可废者，二也。

白居易作《西湖石函记》云："放水溉田，每减一寸，可溉十五顷；每一伏时，可溉五十顷。若蓄泄及时，则濒河千顷，可无凶岁。"今虽不及千顷，而下湖数十里间，茭菱谷米，所获不赀。此西湖之不可废者，三也。

西湖深阔，则运河可以取足于湖水。若湖水不足，则必取足于江潮。潮之所过，泥沙浑浊，一石五斗。不出三岁，辄调兵夫十余万功开浚，而河行市井中盖十余里，吏卒搔扰，泥水狼藉，为居民莫大之患。此西湖之不可废者，四也。

天下酒税之盛，未有如杭者也，岁课二十余万缗。而水泉之用，仰给于湖，若湖渐浅狭，水不应沟，则当劳人远取山泉，岁不下二十万功。此西湖之不可废者，五也。

连通西湖南北的苏堤

这五条理由，苏东坡是下了一番功夫的。除了第一条是官样文章，为了取悦皇帝的欢心外，其他如居民饮水、灌溉田亩、放水助航、取水酿酒等，都是关系到民生的大事，是从人们的实际生活和生产出发的。

苏东坡疏浚西湖，是带有强烈的"为官一任，造福一方"的责任心的。他说："臣以侍从，出膺宠寄，目睹西湖有必废之渐，有五不可废之忧，岂得苟安岁月，不任其责。"然而，苏东坡一片为民造福之心，在朝廷却遭到了一些人的诽谤，说他疏浚西湖的目的是游玩，于公于私都没有利处。但苏东坡力排非议，拟定了疏浚的办法，把朝廷给他的一百道度牒，卖了一万七千贯钱，加上救灾的余款，以工代赈，趁着梅雨季节葑草浮动，容易除净的时节，雇人开工。

四月二十八日，苏东坡祭祷吴山、水仙、五龙三庙，正式开工。工程共用民夫二十万工，耗时四个多月，就把茫茫一片葑草打捞得干干净净。从此西湖周围三十里，以山为岸，烟水苍茫，恢复了唐时旧观。"农民父老，与羽毛鳞介，同泳圣泽，无有穷已。"

苏东坡利用葑泥，从南面的南屏山到北面的栖霞岭，堆筑了一条长八百八十丈、宽五丈的长堤，上面建造了映波、锁澜、望山、压堤、东浦[①]、跨虹六桥，沟通了里湖和外湖，便利了南北交通。堤岸两旁，又种植了芙蓉桃柳，花开时节，望上去似一片云锦。"春来濯濯江边柳，秋后离离湖上花"，苏东坡的西湖《绝句》，写的就是此景。

西湖治理结束后，苏东坡将《开西湖六条状》刻石，置于杭州知州及钱塘县尉厅上。这"西湖六条"，都是有关西湖管理事宜，包括闸门的启闭、运河的河岸修补、

①按六桥名字构词之法和词中之意，"东浦"似应为"束浦"。明代夏时《钱塘湖山胜概记》中亦作"束浦"，但余书多作"东浦"。今仅提供一说。

西湖的水面、湖上的种菱人户、湖上新旧菱荡的课利，以及管理人员及其职责的规定等等。

开湖筑堤期间，苏东坡经常到湖上巡视工程，肚子饿了，有时就在工地上和民工一同用餐。开工七天后，恰是端午节，杭城百姓抬猪担酒给东坡拜节，东坡盛情难却，收下厚礼，命人将猪肉切成方块，按照他在黄州时摸索出的烹调方法，加以精心烹制，送到工地，分发给浚湖的民工。苏东坡的方法是：

> 净洗锅，少著水，柴头罨烟焰不起。待他自熟莫催他，火候足时他自美。黄州好猪肉，价贱如泥土。贵人不肯吃，贫人不解煮，早晨起来打两碗，饱得自家君莫管。

这是元丰年间（1078—1085），苏东坡被贬黄州时发明的烹制猪肉的方法。当时苏东坡谪居黄州，十分拮据，为了严格控制预算，他不得不把每月的生活费分为三十串铜钱，并将其悬挂在房梁上，每天用叉子挑一串下来度日。由于家贫，买不起牛肉羊肉，苏东坡只能买最便宜的猪肉。当时黄州的猪肉最便宜，"价贱如泥土"，这种肉富人不肯吃，穷人又烧不好。天才的苏东坡经过摸索，发明了上述烧制猪肉的办法。

不过，这个发明于黄州的东坡肉，到杭州后在烹制方法上得到了进一步改善。苏东坡给西湖民工吃的方块猪肉，把"少著水"改为用绍兴黄酒。如此一来，蒸出来的东坡肉更是酥软可口、喷香味美了。到今天，"东坡肉"的选材，以"金华两头乌"猪肉为原料，肉质细腻而皮薄，经过绍兴黄酒的烹蒸，最终烧出来的猪肉油而不腻，酥而不烂。

这就是著名的"东坡肉"，它与"东坡羹"一起留传至今，成为两道名菜。特别是"东坡肉"，它发明于黄州，却光大于杭州，直到今天，还是天下美食一绝，是雄冠全国的一道特色名菜。有了这样的美味助力，开湖筑堤的民工们自然是气力倍增。

苏东坡这次的水利工程，得力于三个人的帮助。

其一是以临濮县主簿监杭州在城商税的苏坚。茅山河与盐桥河的治理方案，参酌古今而用中策，都是苏坚出的主意。

其二是钱塘县尉许敦仁。他敏锐地观察到"西湖水浅，葑莩壮猛，虽尽力开撩，而三二年间，人工不继，则随手莩合，与不开同"，而如果将葑田变为菱荡，种菱的人就会在每年春天将葑莩等杂草芟除干净。为了从根本上消除葑莩堙塞之患，他提出，将开成的湖面切割成块，给农户打理，让他们种菱以获利；如果农户不尽心打理，再生葑莩，就允许将其收回。这样，租户担心菱荡被他人铲夺，自然尽心种菱，保持湖面的干净。

还有一个就是刘景文。刘景文是开封人，苏东坡知守杭州时，他是两浙兵马都监，驻于杭州。刘景文"笃志好学，博通史传，工诗能文，轻利重义"，苏东坡与他初次见面，便以国士相待，并称其为"慷慨奇士"。在疏浚西湖的过程中，刘景文为苏东坡赈济灾民、救荒治湖提出过不少建议。

在这三个人中，苏东坡与刘景文、苏坚都有诗歌往还，酬唱不断。"荷尽已无擎雨盖，菊残犹有傲霜枝。一年好景君须记，最是橙黄橘绿时。"这首有名的诗作，就是苏东坡写给刘景文的。而苏东坡再次离开杭州一年之后，他上书朝廷，希望去越州（今浙江绍兴）任职，并约请苏坚一起去绍兴开凿镜湖（今鉴湖），造福于民，再立新功："已分江湖送此生，会稽行复得岑成。镜湖席卷八百里，坐啸因君又得名。"当然，朝廷并没有批准苏东坡任职越州的请求，那想象中的镜湖"因君又得名"，并没有成为现实。

苏东坡治理西湖，也不是全无反对之音。当时，南宋著名诗人陆游的六叔祖陆傅正在转运司做一个小官，他对于苏东坡的开浚西湖提出了反对意见。陆傅认为，疏浚西湖，一要耗费财力，二要兴师动众，工程量庞大，又不是急需做的事情，因此劝阻苏东坡。苏东坡事后恼怒地对其上司说："我治理西湖，与各位盐司都商议过，都觉得这事可行，偏偏是一个小不点的官儿呶呶不休，说这事不可行！"

然而，没过几年，哲宗亲政后，启用章惇为相，打击元祐大臣。章惇力荐陆傅为谏官御史。于是哲宗召对陆傅，陆傅来到殿上，还没站定，就听哲宗皇帝疾言厉色地喊了一声："苏轼！"陆傅听闻此言，便猜想可能是章惇在皇帝面前弹劾苏东坡疏浚西湖之事，让陆傅来作证。陆傅于是上奏宋哲宗，将当年自己如何反对苏东坡治理西湖、苏东坡如何恼怒之事复述了一遍。然后，他话锋一转，说道："然而，当年浙西一带遭遇天灾，百姓遇到严重饥荒，苏太守治理西湖，以工代赈，受灾的百姓靠治湖而免于饿死的、免于背井离乡的，非常之多。事实证明，当年我对苏太守的反对意见，也并不全是对的。"宋哲宗听闻此言，无言以对。而本来想利用陆傅来给苏东坡治罪的章惇，也在心里恼恨陆傅，再也没提推荐他做谏官御史的事情。

无论怎么样，如今西湖的疏浚工程已经完工，"大堤云横，老葑席卷"。苏东坡再到吴山、水仙、五龙三庙祷谢。苏东坡相信，西湖葑草已除，湖水加深，既使茅山、盐桥二河清水长流，也使六井不再有淤泥之害。他怀着无比快乐的心情写道：

> 古岸开青葑，新渠走碧流。会看光满万家楼，记取他年扶路、入西州。　佳节连梅雨，余生寄叶舟。只将菱角与鸡头，更有月明千顷、一时留。

两年后，苏东坡在颍州与赵令畤同治颍州西湖，未成便赴扬州。就任不久，赵德麟写诗告诉他颍州西湖疏浚完工，苏东坡闻此消息写信庆贺，又谈到了疏浚杭州西湖的盛举，其中回忆道：

> 我在钱塘拓湖渌，大堤士女争昌丰。
> 六桥横绝天汉上，北山始与南屏通。
> 忽惊二十五万丈，老葑席卷苍云空。
> 揭来颍尾弄秋色，一水萦带昭灵宫。

"六桥横绝天汉上，北山始与南屏通。"苏东坡完成了西湖的疏浚，又为西湖增添了湖堤美景，从此西湖南北得以沟通，大大缩短了互相往来的路程和时间。苏东坡的好友、西湖孤山智果寺的参寥子（道潜）和尚当时就写诗盛赞东坡开浚西湖，称其"一朝美事谁能纪，百尺苍崖尚可磨"。后来，接任苏东坡的杭州知州林希，为了纪念这位前任的功绩，便将此堤命名为"苏公堤"。

从此，"西湖"的名字，就与"苏东坡"紧紧地联系在一起。巧合的是，此后苏东坡所到之处，皆有"西湖"：到颍州有西湖，到扬州有瘦西湖，到惠州还有西湖，而且苏东坡在颍州、惠州也都治理过西湖。为此，他的弟子秦少游曾有诗写东坡云："十里荷花菡萏初，我公所至有西湖。"稍后的诗人杨万里亦称"东坡原是西湖长"。

然而，对于这个他耗尽心力整治过的西湖，修筑过的长堤，苏东坡并没有机会享受其间。元祐六年（1091）二月，苏堤上的杨柳刚刚吐穗抽芽，桃花尚未盛开，苏东坡便奉命调离杭州，以翰林学士奉旨召还。苏东坡亲手打造了"苏堤春晓"，自己却未能亲见其旖旎风光。他把一堤柳色、满湖春光留给了人间，留给了身后千年无数的绿女红男。

"何处黄鹂破暝烟，一声啼过苏堤晓。"每年的清明时节，苏堤上桃红柳绿，鸟语花香。一声黄鹂高唱，引出万鸟齐鸣。此时此地，此情此景，怎能不让人沉醉于湖光山色之中？！

苏堤春晓

第二节　中国历史上第一座公立医院

其实，苏东坡为浙江老百姓做的第一件好事，是在他还未到浙江之前。

熙宁年间（1068—1077），正是王安石紧锣密鼓地推行新法之时，宋神宗曾一度征求苏东坡的意见。苏东坡毫无隐瞒也毫无顾忌地表达了他的反对意见，甚至批评神宗"求治太急，听言太广，进人太锐"。神宗听了苏东坡的进言，不仅没有生气，反而说："卿三言，朕当熟思之。"接着鼓励东坡："凡在馆阁，皆当为朕深思治乱，指陈得失，无有所隐。"

东坡为此深受感动。尽管神宗为了变法，并不打算采纳苏东坡的意见，苏东坡也被王安石各种阻挠并赶到了开封府做推官。然而，苏东坡在做推官时，就"将"了神宗一军。

熙宁四年（1071）的新年来临，神宗为了让祖母和母亲过一个热闹的春节，决定元宵节期间在宫中举行大型灯会。

元宵节观灯，是唐宋时代最为风靡的习俗。"东风夜放花千树。更吹落，星如雨。"每逢元宵，华灯齐放，游人如织，士女成群，造就了一个民俗中最为浪漫的节日。由此，制作花灯也成为一项重要的手工艺，小民赖此谋生，商人借此牟利。而在各种花灯之中，产自浙江的花灯——浙灯最负盛名。

这一次，为了搞一个高端大气上档次的元宵节，神宗早早地传下诏令，叫开封府及市易司（主管贸易、采购的部门）购买四千余盏浙灯。但是为了节省费用，神宗又搞了一次带有霸王条款性质的垄断行为：下令减价收购，同时禁止市民购买，以满足宫中的需求。

然而，减价收购，损害了商人的利益；禁止市民购买，剥夺了市民的权利。这一举动引起了民众的强烈不满，神宗的形象因此大打折扣。作为开封府推官的苏东坡，不希望神宗因小失大，连忙上书《谏买浙灯状》，文章写道：

> 卖灯之民，例非豪户，举债出息，畜之弥年。衣食之计，望此旬日。陛下为民父母，唯可添价贵买，岂可减价贱酬？此事至小，体则甚大。

苏东坡甚至对神宗进行了心理分析：陛下之所以要减价收购浙灯，肯定不是为了与小民争利，大概是觉得这些花灯只是玩玩而已，没有什么大的用处，所以不想耗费太多银子。然而，如果是觉得它没什么用处，又何必去买？如果是怕花费太多，那还不如不买。

同时指出了这一诏令在民间造成的极坏影响："皆谓陛下以耳目不急之玩，而夺其口体必用之资。"认为这是一件"亏损圣德"的事情，因此希望"追还前命，凡悉如旧"。

苏东坡的这封上书，主要是为民请命，也为神宗皇帝挽回圣德。但与此同时，苏东坡也玩了一个小花招，就是以"劝谏"的形式，测试神宗是否真的能够听取大臣的意见。这一点，他在这封谏状里面也说了："窃谓空言率人，不如有实而人自劝。欲知陛下能受其言之实，莫如以臣试之。"

苏东坡上书之后，每天都在等待神宗皇帝的批复。然而，十几天过去了，依然没有什么消息。于是，东坡便向开封府和市易司有关人员打听，才被告知，买浙灯的事情，已经停掉了。

宋神宗的"翻然改命"，使得苏东坡"惊喜过望，以至感泣"。或许由于这一点，无论是他半年后的第一次来到杭州，还是十八年后第二次来到杭州，他都不辜负宋神宗和高太后的信任："但未死亡，必期报塞。"

苏东坡任地方官，就像一个"消防队长"。熙宁年间（1068—1077），他到密州，忙着救旱灾、蝗灾；再到徐州，又忙着救水灾；第二次刚到杭州，又碰上了严重的灾情——冬春季节，杭州"淫雨霏霏，连月不开"，稻田里积满了水，早稻无法下种，到五六月间水慢慢退去之后，早已错过了早稻季节，只能勉强插上晚稻。谁知，晚稻插上后，又遭到了严重的干旱，骄阳炙烤，田地龟裂，刚种下的晚稻又无望收成。这样一来，"早晚俱损，高下并伤，民之艰食，无甚今岁"。

苏东坡对于灾情的发展做了充分而理性的分析。

首先，早在熙宁八年（1075）时，浙江发生饥馑，当时米价暴涨到每斗两百钱，饿死了很多人，"人死大半，父老至今言之流涕"。而如今，米价已经涨到了每斗九十钱，而未来缺粮的日子还很长，如果不采取措施，灾情的发展深可忧虑。

其次，浙江是水乡地区，很少有种小麦的，不可能指望明年夏天有收成，只能到来年秋天收获水稻；而来年秋天的水稻能否有收成，有多少收成，现在还说不准。也就是说，农民缺粮的时间，至少要一年。

第三，到来年春夏之交时，人们手中的余粮和钱财都会消耗完毕，"饥贫之民，无路逃死，必将聚为盗贼"，这样一来，政府必将付出更为惨重的代价。

"若不痛加赈恤，则一方余民，必在沟壑。"在对灾情可能的发展趋势以及后果进行深入分析后，为了天下苍生的幸福，也为了防止悲剧重演，苏东坡一反地方官"报喜不报忧"的官场潜规则，分别于元祐四年（1089）十一月和元祐五年（1090）二月上奏朝廷，申述灾情，请求政府赈灾，并给出了救灾方案。

苏东坡说，不敢指望朝廷给钱给米，但只要当年宽减农民三分之一到一半的上贡米，那么执行的官吏就不敢催迫租赋、督促欠负。至于剩下的租赋，可以等到稻米丰收时，分作两年上缴。

同时，苏东坡发现，越是在稻米歉收之际，各州、各省甚至京城负责粮仓的官吏，反而争相籴米，使得米价更贵。因此，他建议，如果京城的粮仓以及省仓的军粮都不缺米用，应该规定京仓和省仓不得收籴，这样一来就会平抑米价，老百姓就不至于因买不起粮食而流离失所。

此外，由于苏东坡此前曾上奏朝廷，乞两百道度牒用于整修官舍，此次他也建议暂时停修官舍，将这部分钱用于到外地采购粮食。因为通过调查发现，苏州、湖州、常州、秀州等地，虽然也有灾伤，但一些富户人家却积蓄了余粮。如果用度牒向他们招募购买，他们必然愿意。如此一来，官府有了足够存粮，物价也得以平抑。

苏东坡的陈词得到了批准，朝廷决定拨本路上贡米二十万石，宽减三分之一的上贡米，并赐度牒两百道赈济灾情。除此之外，苏东坡一方面指挥杭州和钱塘、仁和两县粜常平米一千石，并要求杭州下辖其他七县中大县每天出粜常平米一百石，小县每天出粜五十石，每天大约共出粜五百余石。

在苏东坡的努力下，到元祐五年（1090）春夏之交时，杭州米价稳中有降，百姓得以平安度过荒年，没有一人饿死。

然而，粮食问题解决了，水旱灾害带来的另一个后果——流行性疫病，却开始困扰百姓。

杭州是当时东南水陆交通要道，大街小巷都可以看到流离失所、逃荒得病的穷苦百姓，他们得不到医治，天天有人病死。在连最基本的公共卫生设施都不具备的古代社会，流行疫病的发生，其实比饥荒更为可怕。面对这种情形，苏东坡连忙组织了一批懂得医术的僧人，制作稀粥药剂，由官吏率领走街串巷，按照不同的分工范围，为民治病。同时，东坡又自费购买了大量药材，配制了一种名为"圣散子"的药剂，命人在街头架起大锅熬煎，给过往的男女老少服用。

说到"圣散子"，还有一段故事。原来，苏东坡有一个儿童时代的好友，名叫巢谷。东坡谪居黄州后，他有意相从，来到黄州，苏东坡遂安排他住在雪堂，担任两个儿子苏迨和苏过的家庭教师。

巢谷好学，身怀很多绝技秘方，但从不轻易传人。有一次，巢谷在雪堂谈起一个秘方"圣散子"，具有非常广的疗效，特别在治疗伤寒方面更有奇效。苏东坡在惊叹之余，请求他传授给自己，以备不时之需。巢谷见东坡苦求不已，便答应传授，但反复叮嘱东坡，不能外传他人，并要他指着江水发誓，苏东坡一一照办。

巢谷回归故里眉山后不到一年，黄州、鄂州一带暴发了伤寒瘟疫。苏东坡用"圣散子"普救众生，救活了无数百姓。

这次救助，证明了"圣散子"药效的灵验。为了拯救黎民百姓，苏东坡再三斟酌后，违背了誓约，瞒着巢谷将秘方传给了蕲水一个名叫庞安常的名医。为使巢谷之名和圣散子秘方不朽，苏东坡为圣散子作文一篇。在这篇《圣散子叙》中，我们可以看到苏东坡是如何为圣散子做"广告"的：

> 自古论病，惟伤寒最为危急，其表里虚实，日数证候，应汗应下之类，差之毫厘，辄至不救，而用"圣散子"者，一切不问。凡阴阳二毒，男女相易，状至危急者，连饮数剂，即汗出气通，饮食稍进，神守完复，更不用诸药连服取差，其余轻者，心额微汗，正尔无恙。药性微热，而阳毒发狂之类，服之即觉清凉。此殆不可以常理诘也。若时疫流行，平旦于大釜中煮之，不问老少良贱，各服一大盏，即时气不入其门。平居无疾，能空腹一服，则饮食倍常，百疾不生。真济世之具，卫家之宝也。

当年在黄州时，苏东坡用此方，"所活不可胜数"。这次在杭州，苏东坡再用此方，杭民亦"得此药全活者，不可胜数"。而且这次用药，所用都是中下品的药材，非常便宜，每服药只需一钱。

在苏东坡的努力下，一场可怕的瘟疫终于结束。然而，这次瘟疫的流行，也让苏东坡感到了惊悸——如果瘟疫再次暴发怎么办？

未雨绸缪。为了应对未来可能的疫情，苏东坡拨出公款两千缗，自己又捐赠黄金五十两，在杭州众安桥创办了一所医坊，取名"安乐坊"，延请懂医的僧人坐堂诊治，并且规定每年从地方税收中拨出少许资金作为维持医坊运转的经费，对于医术高明、医德高尚、三年之内治愈病人上千名的僧人，即由官府呈报朝廷，赐紫衣以示奖励。

据考证，苏东坡创办的"安乐坊"，是中国第一所面向民众的官办医疗机构，它类似现在的医院，有医生，有病房，也有管理人员，自己制药，收治病人。"安乐坊"每年由专人配制"圣散子"，从立春后到春夏之交，免费向全体百姓发放。

苏东坡平时精研医学药理，经常与名医交往取经，注意搜集民间良方，并亲自加以检验试制。他写过一本《良方》，后人将此书与沈括的《良方》合编成《苏沈良方》。《苏沈良方》共收录有一百七十余药剂，是一部比较重要的古代医药书。《四库全书提要》说：

> 宋士大夫通医理，而轼与括尤博洽多闻。其所征引，于病症治验，皆详著其状，凿凿可据。其中如苏合香丸、至宝丹、礞石丸、椒朴丸等类，已为

世所常用，至今神效。即有奇秘之方，世不恒见者，亦无不精妙绝伦，足资利济。

至今，"安乐坊"之名还在流传，"苏合香丸"在各中药店仍在精制供应，成为一种夏秋治病的良药。

第三节　打击了两个恶霸，却被弹劾了

与"医"有关，还需要交代的一个人物，是王复。

王复是杭州人，是一个身怀绝技却与世无争的人。他在候潮门外造了房子，并修筑园圃，建造亭榭，种草养花植树，与花鸟虫鱼为伍，以与贤士大夫交游为乐。苏东坡说他医术精湛，却不愿以此谋利："为人多技能，而医尤精，期于活人而已，不志于利。"

王复精深的医术和高尚的医道，引来了杭州通判苏东坡。熙宁五年（1072），苏东坡专程去候潮门拜访王复，并参观了他家的园圃。园圃里两棵隋唐时的老桧树，让苏东坡大为叹赏，并赋诗两首送给王复：

> 吴王池馆遍重城，闲草幽花不记名。
> 青盖一归无觅处，只留双桧待升平。
>
> 凛然相对敢相欺，直干凌空未要奇。
> 根到九泉无曲处，世间惟有蛰龙知。

苏东坡写作此诗之时，臭名昭著的秦桧尚未出生，"桧"的名声还没那么臭。苏东坡此诗以桧树的年深日久、枝高叶茂来类比王复的多才多艺，淡然名利。不过，"世间惟有蛰龙知"这一句，后来让苏东坡的政敌抓住大做文章，差点要了东坡的性命。当然，这是后话了。

苏东坡写作此诗七年后，在徐州任太守。他的弟弟苏辙从绩溪还朝，路过杭州，也去访问了王复。然而，此时的王复迫于贫困，早已将园圃连同双桧转卖给了他人。王复热情接待了苏辙，并将珍藏多年的苏东坡的赠诗拿出来给苏辙看。苏辙作《赠王复秀才》一诗：

> 候潮门外王居士，平昔交游遍海涯。
> 本种松杉为老计，晚将亭榭付邻家。
> 为生有道终安稳，好事来游空叹嗟。
> 犹有东坡旧诗卷，忻然对客展龙蛇。

此后，苏辙到徐州，将自己访问王复之事告知了东坡。东坡闻知后，对他的"终无所求"十分钦佩，认为王复不只是种种花草而已，他种的，是道德节操，并因此为王复的园亭取名为"种德亭"，并作诗曰：

> 小圃傍城郭，闭门芝术香。
> 名随市人隐，德与佳木长。
> 元化善养性，仓公多禁方。
> 所活不可数，相逢旋相忘。
> 但喜宾客来，置酒花满堂。
> 我欲东南去，再观双桧苍。
> 山茶想出屋，湖橘应过墙。
> 木老德亦熟，吾言岂荒唐。

苏东坡再次赞美了王复，并希望再来杭州相见。由于苏东坡的题诗，王复的"种德亭"从此声名传播开来。到清代，一位名叫叶普山的医生，在候潮门外开设了一家"叶种德堂"药铺,成为杭州规模最大、开设最早的国药号。这个"叶种德堂"于1934年易地清河坊,1958年并入了"胡庆余堂"。

当然杭州有王复这种"不治于利"、以苍生为念的谦谦君子,也就有那种唯利是图、欺压百姓的恶徒小人。

东坡知守杭州时,仁和县有颜巽父子两人,在当地欺行霸市,无恶不作,以各种手段控制了当地的大量商铺,向经商者收取"保护费",此外,还豢养了一批社会闲散人员充当打手,谁敢不服就一顿暴打。随着势力的扩大,颜氏父子也愈发嚣张,人挡杀人,佛挡杀佛,连官府也不放在眼里。官府若是影响了他们的生意,他们就集结人员到官府闹事。按照今天的说法,这颜氏父子是典型的"地方黑恶势力"。

很明显,颜氏父子之所以如此嚣张,是因为他们有"后台"和"背景"。

但是,苏东坡偏不信这个邪。

元祐五年(1090),苏东坡在杭州得罪了颜氏父子,颜氏父子煽动几百人围攻杭州衙署,并叫嚣说:如果不给一个说法,就砸烂官署。

苏东坡没有硬碰硬,而是来了一个缓兵之计。他告诉围攻官署的人说:"这事可以慢慢商量,欠你们的都会补上,大家先退下。"

当天晚上,苏轼调集警力包围了颜氏父子的家,将其抓获。

然而，抓人容易，如何判罪？当时没有"打黑除恶"政策，也没有"围攻官署罪"、扰乱社会治安罪，更没有寻衅滋事罪等罪名。

苏东坡认为，像颜氏父子这种罪大恶极的，判决时可以不遵常法。他准备将颜氏父子刺配本州牢狱。百姓得知，无不拍手称快。

然而，苏东坡这次却遭到了监察御史的弹劾，原因是，地方官员在审判定罪时，必须有法可依，严格依照律法执行，而苏东坡这次却完全是"长官意志"，这是不合法的。

故事并没有结束。苏东坡被弹劾，颜巽父子被朝廷无罪释放后，更加豪横。宋徽宗即位后，苏东坡、司马光等人被蔡京等列为"元祐党人"，为朝廷所打击。此时颜巽父子为害乡里，有些官员每次想治他们入狱，他们就要挟说："你是元祐奸党苏东坡的亲信，故意找机会来陷害我的吧？"说着就要写诉状。当时朝廷打击元祐党人日益严苛，没人敢与"奸党"产生瓜葛，因此多一事不如少一事，颜巽父子最后还是被释放了。直到大观年间（1107—1110），胡奕修为提举盐事，抓住了颜巽父子毁抹盐钞的证据，上奏朝廷，才将这对恶霸父子刺配到广东化州，并没收其财产，终于消除了杭州一霸。此时，苏东坡已经去世七八年了。

苏东坡对颜巽父子嫉恶如仇，却对另一个姓颜的人手下留情。

杭州有一个叫颜几的人，字几圣，是个大帅哥，"俊伟不羁"，很有才学。不过他有一个缺点，就是嗜酒如命，每天不喝上几碗，日子就算白过了。东坡知守杭州时，恰逢元祐五年（1090）秋试。这个颜几，大概是才学出名了，就有一个姓刘的富家子弟找他代考，并答应他，如果成功，会给他一大笔银子用来买酒。

颜几想都没想就答应了，而且，一举考中。

但是，世上没有不透风的墙，颜几代考的事情不知怎么泄露了，结果参加秋试的举人们纷纷告状。颜几就被抓了起来，关到了牢房里。

对颜几来说，坐几天牢房没有关系，但是没有酒喝就难以忍受了。过不了多久，实在忍受不了的颜几，偷偷地写了一首诗，托付狱卒转给外面的酒友。诗是这样写的：

> 龟不灵兮祸有胎，刀从林甫笑中来。
> 忧惶囚系二十日，辜负醺酣三百杯。
> 病鹤虽甘低羽翼，罪龙尤欲望风雷。
> 诸豪俱是知心友，谁遣尊罍向北开。

诗的大意是：万万没有想到，一场好事变成了祸事。我被关押二十天了，算来少喝了三百杯酒，实在太辜负酒杯了。虽然我犯了王法，甘心在牢房里待着，可是我有一颗渴望自由的心啊！各位有钱的朋友，你们都是我的知心人，你们喝酒的时候，一定要朝着我在的方向打开酒坛子，让我闻闻味也好啊！

狱卒自然不敢做主，便把诗作交给了苏东坡。苏东坡看罢，一定是觉得这个颜几十分可爱，又有才华，更是性情中人，遂起了爱才之心，"坡因缓其狱"，给了他一个缓刑，然后等到皇上大赦天下之时，就彻底把他放了。

过了几年，颜几有一回醉倒在西湖边的一个寺庙里，然后在寺庙的墙壁上写了两句诗："白日尊中短，青山枕上高。"意思是说：酒喝醉了，白天都感觉短了；人醉倒在地上，青山好像都变高了。

这个酒鬼一般的才子，没过几天就醉死了。

第四节 "画扇判案"解纠纷

苏东坡通判杭州期间,王安石的新法已经全面推行。客观地说,新法在一定程度上抑制了富商大贾与豪强的兼并势力,在短时间内也使得国库充盈,再加上宋军在熙州、河州边境打败了西夏军队,取得了数十年来的第一次胜利,是宋朝从来没有过的扬眉吐气。

但是,王安石的新法,目标在于"富国强兵",属于典型的"国家主义",一切从国家利益出发,一些涉及百姓民生的问题就容易被忽略。为了起到立竿见影的效果,变法派不可避免地要加深对民众的盘剥,而地方官员为了邀功升官,在执行过程中往往变本加厉。

苏东坡离京外任到了杭州之后,足迹遍及於潜、富阳、新城、余杭、临安甚至常州、镇江、苏州、湖州一带。在乡野之间奔波,他目睹了新法在执行过程中给百姓带来的苦难,有了更多的现实的观感,对于新法,也就有了更多的不满。

熙宁五年(1072),秋雨连绵。眼看稻谷到了收获的时节,将要成熟的稻穗却被风雨吹得偃卧在地上,慢慢地烂掉。冷风阴雨,收割稻谷的耙头上长出了蘑菇,镰刀也生了锈，好不容易等到天晴，农民们没日没夜地劳作，一个月来都睡在田埂上临时所搭的茅苫之下，只为了从恶劣的老天爷手里抢收仅剩的一点稻谷。辛辛苦苦地送到集市，由于肩稻负重，肩膀都被压红了，谁知价格却贱得如糠谷碎米。

尽管如此，农民们也只能把稻谷卖了，因为官府为了巩固边防，要用钱来招抚外敌，而新法规定，交税和免役都得用现钱。但是卖谷所得，根本不够纳税，凶神恶煞的官吏又日夜催逼，农民只得卖牛拆屋，勉强渡过眼下的难关，哪里还顾得上明年是饱是饥……看到这些，苏东坡作《吴中田妇叹》一首，借江南农妇之口，诉说农民的不幸，他甚至愤怒地说道："官今要钱不要米，西北万里招羌儿。龚黄满朝人更苦，不如却作河伯妇！"

河伯，是传说中的黄河的水神。战国时期，魏国的邺地受到的水灾最大，因此迷信也最厉害，"河伯娶妇"的事就出现于此时此地——传说每年要把一个女子投进河水里，算是嫁给河伯，以免他驱水来淹。后来西门豹为邺地的长官，用非常的手段禁绝了这种愚昧而残忍的行为，并教育人民，凿渠放水，灌溉田地，把水之灾变为水之利。苏东坡在诗中说"不如却作河伯妇"，正说明了民不堪催逼之苦，做农家妇女还不如投水自杀做河伯妇好。

苏东坡所说，显然是免役法带来的弊政。然而，更让农民们倾家荡产的，是以救济百姓为名、由官府发放贷款的青苗法。

青苗法指的是在每年青黄不接的时候，由官府向农民直接贷款度过饥荒，等到秋收之时再连本带息偿还。应该说立法的本意是好的，但在实际执行过程中，许多地方官为了多取利息，邀功请赏，就附加了名目繁多的勒索；此外，原来规定农民借贷自愿，结果却实行强制性分配。这样一来，广大百姓被迫接受贷款，春借秋还，本利相加。但是一旦遇上天灾人祸，根本没法还清，为了对付官府的催逼，只好又向当地的豪强富户借"高利贷"，最终弄得倾家荡产。因此，虽然这一新法让国家取得了可观的利益，但贫苦的民众却深受其害。因此，青苗法在所有新法条款中遭到的反对最为激烈。苏东坡到杭州后，对青苗法更是冷嘲热讽：

> 杖藜裹饭去匆匆，过眼青钱转手空。
> 赢得儿童语音好，一年强半在城中。

这是苏东坡在富阳、新城了解到的情况：山里的年轻人，拿到了政府强给的青苗钱，就贪恋起城市生活，一年中的大半时光都在城中游荡，等到手里的钱吃光、喝光、赌光后，除了学到一口城里的口音回来，再也没有力量偿还官债。苏东坡想：如果不是官府滥发青苗钱，怎么会有这等祸害？

北宋时期的杭州，下辖钱塘、仁和、余杭、临安、富阳、於潜、新城、盐官、昌化九县，其中盐官靠海，产盐，因此王安石的新法在浙西一路推行时，除了青苗法、免疫法、市易法之外，还推行水利盐法。新法催逼下，民不聊生。老百姓因触犯盐法而被捕的最多，每年有一万七千名私盐犯人要受审判。苏东坡自称在通判杭州期间，"每执笔断犯盐者，未尝不流涕也"。他认为，这些盐犯大多是为了维持生活铤而走险，这与自己当官谋取俸禄一样，无论贤愚，能力大小，不过都是为了养家糊口。熙宁四年（1071）除夕之夜，苏东坡看到"囚系皆满"，囚犯们不能回家与亲人团圆，"执笔对之泣，哀此系中囚"。苏东坡在诗中，这样表达对他们的同情。

实际上，就在写这首诗前不久，苏东坡在给他弟弟苏辙的一首诗中也提到了这一点："平生所惭今不耻，坐对疲氓更鞭棰。道逢阳虎呼与言，心知其非口诺唯。"作为通判的苏东坡，面对饥贫罪人，眼看他们受鞭棰之苦，这本来是一件惭愧的事情，现在却也不以为耻了。

到了元祐五年（1090），苏东坡第二次守杭时，距离新法盛行的熙宁四年（1071）已有二十年光景。这时新法早已罢去，苏东坡看到了当年在杭州都厅壁上的题诗，感触良多，又写一诗：

> 山川不改旧，岁月逝肯留。
> 百年一俯仰，五胜更王囚。
> 同僚比岑范，德业前人羞。
> 坐令老钝守，啸诺获少休。
> 却思二十年，出处非人谋。
> 齿发付天公，缺坏不可修。

岁月不留，山川依旧。苏东坡认为，检验一个地方、一个时期是否行德政，牢狱就是一块验金石。与熙宁年间（1068—1077）的"囚系皆满"相比，元祐年间（1086—1094）的狱囚已空，说明朝政值得肯定。然而，苏东坡并不居功，将杭州的这一政绩，归功于公济、子侔两位通判。

苏东坡对于朝政口无遮拦的激烈批评，让他的表兄文同（字与可）深感不安。他赶紧给苏东坡写信，提醒他不要多嘴："北客若来休问话，西湖虽好莫吟诗。"然而，"闭嘴"不是苏东坡的风格，他继续说，继续写，最终"祸从口出"，到元丰二年（1079）七月，他的政敌们抓住这些诗歌的"尾巴"，把他送进了监狱。

当然，这是后话。与变法有关的案件牵涉面广，直接影响到广大百姓的生活，是具有普遍性的问题，也就有了相当的沉重与严肃。而在一些个案的处理上，苏东坡就显示出了他不羁的性格和惊人的才华。

苏东坡知守杭州，最有名的是一起"画扇判案"，调解民间纠纷的故事。

一天，东坡坐堂，遇上一件债务纠纷案。原告是一位绸缎商，被告是一个专以制扇为业的小商贩。原因是在年前，制扇商向原告买了两万钱的绫绢，约定三个月后付钱，但是眼看一年多了，还分文未付，原告资金周转都成了问题，便上堂告状，指望收了这笔钱养家糊口。

苏东坡一听，真是岂有此理！连忙派人传被告入堂对证。这个被告原是个老实人，跪在堂前战战兢兢，承认原告所说完全属实，丝毫没有抵赖。

"不过小人倒不是存心赖账。年初父亲染病身亡，求医问药欠下了一身债务，不想今年从春到夏，又天凉多雨，扇子行情不好，卖不出去，所以拖欠到现在，实在是没办法呀！"

东坡一听，这案子其实非常简单，事实清楚，但如何判决，却令他大费踌躇。欠债还钱乃天经地义，但被告也是事出有因，就是逼他还钱，他没有钱又怎么还？总不能逼他拆房子卖女儿吧！而且他的窘状，也是天灾人祸所逼。苏东坡沉吟了半晌，忽然想到一个绝妙主意，对被告说："既然有团扇可抵，你去取些团扇来，我替你发个利市吧！"

被告听了，虽然没弄明白这个知州如何替自己"发利市"，但明白东坡要帮自己一把，就兴奋地跑回家，抱了一竹箧团扇来。苏东坡叫人当堂打开，拣了二十柄白绢面团扇，提起判笔就随意点染起来，或是写一句草书，或是题几句正楷，或是画几笔墨兰，或是绘一片竹石，然后署上自己的字号。在堂下原告和被告惊讶的目光中，苏东坡不多时就将二十柄团扇写好画好，然后对被告说："这些扇子，每把都值一千钱，快拿出去卖了还债吧！"

苏东坡画扇的消息早被衙吏们传到了街市，爱好字画的人们纷纷赶到衙门口等待着。当欢喜的制扇商抱着团扇刚走出门口，就被人们团团围住。二十柄团扇，不多时就被抢购一空。

还有一次，苏东坡完成了一天的公务，看看天已薄暮，就准备退衙回府。恰在这时，负责税务的官吏押进

〔明〕周臣《东坡题扇图》

一个人来。这人看上去年过半百，虽然看着很是清贫，但衣着整齐，有几分读书人的模样。税务官将其随身携带的两个巨大的行囊解了下来，呈给苏东坡。苏东坡一看，上面竟然写着：

翰林学士知制诰苏某封寄京师苏侍郎收

税务官禀报说："小人刚刚查过，包裹里是些上好的麻纱。此人显然是盗用您的名义，一路偷税，去京师做生意。"

苏东坡一听，猛然想起当年在朝中，王安石的姻亲谢景温等人，诬告自己服丧回乡时，利用官船贩运私盐、木材等事，因这事自己被泼了一身污水，才愤而离京来到杭州做通判。想自己如此珍重名节，却被一个小民玷污，不禁勃然大怒。他惊堂木一拍，大喝道：

"大胆刁民，你是何人？竟敢冒用本官名义，干这种不齿的勾当？"

那人跪在堂下，听到苏东坡如此一问，顿时蒙了，原来堂上坐的正是大名鼎鼎的苏学士！他连忙磕头认罪，从实招供。

原来此人姓吴，名味道，是福建南平的乡贡举人，要进京参加来年的礼部进士考试。由于家里贫困，没有盘缠路费，临行前，向亲朋好友挪借了一百千钱。结果有个精明的生意人给他建议，让他购买两百匹本地特产建阳纱，在路上变卖作为盘缠，因为物以稀为贵，只要离开家乡，就能卖个好价钱。然而，主意虽然好，但是麻纱从福建带到京城，沿途一路抽税，到了京城恐怕顶多剩下一半了。吴味道想来想去，他久闻苏东坡兄弟的大名，也了解官场风气，就决定盗用苏氏兄弟的名头以便逃税。他想："听说苏氏兄弟乐于拔擢后进，提携寒门，我这点小手段即便被识破，应该也不会见怪。"

于是吴味道依计行事。果然，他从福建南平一路北上，直到杭州，都没有人抽税。然而，由于他只顾赶路，信息也不灵通，不知道苏东坡已于年前到杭州任职，还是像以前一样大摇大摆，招摇过市，不想却被税务官抓个正着……

听完吴味道的叙述，苏东坡的怒火早已被浇灭。他不但没有继续怪罪吴味道，反而十分同情这位赴科场的老者。他命人撕掉原来包裹上的旧封条，亲笔写道：

龙图阁学士钤辖浙西路兵马知杭州府苏某封寄京师竹竿巷苏学士

然后笑着对吴味道说："前辈，这回你就是带到皇上面前也没有关系了。"随后，苏东坡又写了一封短信，让吴味道带给苏辙，信中叮嘱苏辙关照吴味道。

吴味道喜出望外，千恩万谢地辞别了苏东坡。第二年，吴味道一举中第，专程到杭州向苏东坡道谢，苏东坡十分高兴，还将他留在杭州小住了几天。

尾 声

　　苏东坡的挚友王巩（本书前文有提及）在他的《随手杂录》一书中，以第一人称的方式记录了有关苏东坡的一则逸事。

　　元祐六年（1091）苏东坡从杭州太守任上奉召回京，被任命为翰林学士承旨兼侍读。当时王巩正住在南京商丘岳父张方平的家里，东坡路过南京时，便去看望王巩。在这期间，苏东坡对王巩说：

　　我在杭州时，有一天，官家（皇帝，指宋哲宗）身边的中使（宦官）到杭州来。中使要离开的时候，我在望湖楼上为他饯行，然而他却迟迟不肯离开。当时杭州的监司也在席上，过了一会儿，中使对监司说："我现在还不打算走，您若有事情可以先回去。"

　　等到监司等人都离开后，中使便悄悄地对我说："我离开京城时，去向官家辞别。官家说：'你先去向太后辞别，再到我这里来。'等我向太后辞别后，又回到官家处。官家把我引到一个柜子旁，他从柜子的一角拿出一包东西，低声对我说：'把这个给子瞻，不要让别人知道。'"说着，中使将皇上赏赐给我的东西交给了我，原来是一斤茶叶，上面有封题，都是皇上御笔亲自题写的。我于是写了信札，向皇上称谢。

后来，两人都到了京城后，苏东坡又对王巩说："我想让弟弟子由（苏辙）好好侍奉太后，我要好好教官家读书，以报答官家对我的恩遇。"

王巩是宋初著名宰相王旦的孙子，名相张方平的女婿，又是东坡的好友，两人过从甚密，他的这则笔记值得采信。这则笔记透露出来的重要信息是，元祐年间（1086—1094）的苏东坡，受到了让人艳羡的恩宠。

元丰八年（1085）神宗驾崩后，十岁的哲宗即位，并于次年改年号元祐。由于哲宗年少，高太后权同处分军国事，"垂帘听政"，启用司马光、苏轼、苏辙、程颐、程颢等，从而在朝廷内部形成了洛党、蜀党、朔党等，洛党与蜀党交恶，程颐、朱光庭、贾易、赵挺之等猛烈

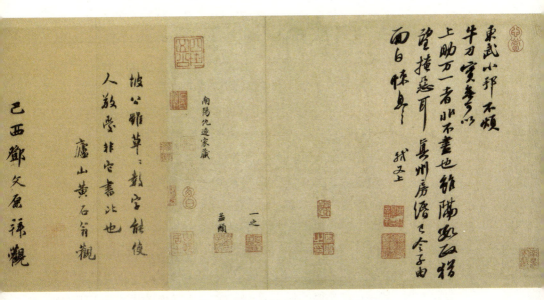

〔宋〕苏东坡《东武帖》 东武即密州，此帖可能是东坡致知守密州的好友王巩的信札

攻击东坡兄弟，苏东坡不容于朝廷，于是再三上书请求外任。最终，高太后于元祐四年（1089）三月批准东坡以龙图阁学士充两浙西路兵马钤辖知杭州军州事。这就是苏东坡第二次来杭州的缘由。

在苏东坡请求外任杭州之前，高太后曾宣谕东坡"直须尽心事官家，以报先帝知遇"，并撤御前金莲烛以送东坡归翰林院；在东坡离京赴杭前，高太后又遣内侍给东坡送龙茶、银盒，用前执政的恩例，慰劳甚厚；东坡到杭州后，又有前述哲宗秘密赏赐一斤茶叶的事情……受到这种种恩遇的苏东坡明白，与熙宁四年（1071）因反对王安石变法而被迫离京完全不同，这次出京到杭赴任，只是平息朝廷内部争斗的一个不得已的临时办法，自己很快就会返回京师的。

因此，知守杭州的苏东坡与通判杭州的苏东坡，在风格上显示出两种非常不同的特点：通判时期的苏东坡，由于对王安石的变法措施存有抵触情绪，再加上并非一州之长，苏东坡对政务采取的多是一种旁观的态度，甚至经常写诗讽刺朝政，而在行动上，苏东坡则更多的是寄情山水，流连西湖，也因此写下了大量的诗词歌赋，为杭州留下了丰富的精神文化遗产；而知州时期的苏东坡，一则有了密州、徐州、湖州等地任知州的经历和经验，二则经历过乌台诗案的大风大浪，他作为一个朝廷官员比十五年前大为成熟，再加上高太后与小哲宗皇帝对自己的恩遇，苏东坡既有报答知遇之恩的动机，也有向朝廷证明其为政本领的动力，因此，他在知守杭州时，几乎将全部的精力用在了政绩的建设上——整治内河，开浚西湖，修筑苏堤，赈灾济民，设立医院，打击恶霸……最终，一道长堤横绝天汉，六桥烟柳成就了"苏堤春晓"这一杭城美景，给后人留下了千金不换的人文景观和物质文化遗产。

苏东坡先后两次来到杭州，前后相加共约五年时间。他始终信守儒家"以民为本"的思想，民胞物与，念兹在兹，为百姓谋福利，以天下苍生为念。王安石变法期间，他身为地方官，不能更改法律，甚至不能不执行新法，但他始终因法便利，将新法对百姓的伤害控制在最低限度，在自己的权限范围内为百姓争取最大的利益空间。他的德政不仅影响深远，而且在当时就为百姓所铭记。苏东坡去世后，他的弟弟苏辙在《亡兄子瞻端明墓志铭》中，南宋王称在《东都事略·苏轼传》中，元代的脱脱在《宋史·苏轼传》中，都记载了苏东坡在杭州的德政："轼治杭，有德于民，民为立祠。"直到清代，吴骞在《西湖苏文忠公祠从祀议》中还高度评价苏东坡在杭州的德政：

> 自熙宁、元祐两莅吾杭，其德惠之被于民也甚大。当时浙人，家有画像，饮食必祝，且生为立祠，至于今犹蒙其泽，虽妇人小子，无不知有东坡先生者。

杭州苏东坡纪念馆

　　苏东坡为杭州留下了丰富的文化遗产，历代杭州人民也在心心念念纪念着苏东坡，这种双向的互动，又为杭城增添了无数的文化积淀和人文景观。今天，杭城内外，西子湖畔，与东坡有关的一切都被提示着。东坡路，学士路，望湖楼，六一泉，东坡剧院，杭州碑林中的《表忠观碑》，玲珑山上的琴操墓，固然都能让我们想起东坡，而散落于杭州各个景点的西湖楹联匾额，比如中山公园的"西湖天下景"，比如灵隐寺春淙亭的"山水多奇踪，二涧春淙一灵鹫；天地无凋换，百顷西湖十里源"，比如湖心亭的"亭立西湖，俨西子载扁舟，雅称雨奇晴好；席开水面，恍东坡游赤壁，偏宜月白风清"，比如龙井茶馆的"欲把西湖比西子；从来佳茗似佳人"，都无不在在提醒着我们，那些苏东坡与杭州的故事。

参考文献

1. 苏轼:《苏轼诗集》,王文诰辑注,孔凡礼点校,中华书局,1982 年。

2. 苏轼:《苏诗补注》,查慎行补注,范道济点校,中华书局,2019 年。

3. 苏轼:《苏轼诗集合注》,冯应榴辑注,黄任轲、朱怀春校点,上海古籍出版社,2001 年。

4. 苏轼:《苏轼词编年校注》,邹同庆、王宗堂校注,中华书局,2002 年。

5. 苏轼:《苏轼文集》,孔凡礼点校,中华书局,1986 年。

6. 苏轼:《苏轼全集校注》,张志烈等校注,河北人民出版社,2010 年。

7. 孔凡礼:《苏轼年谱》,中华书局,1998 年。

8. 朱易安、傅璇琮等主编:《全宋笔记》,大象出版社,2003 年。

9. 龙吟:《万古风流苏东坡》,吉林文史出版社,2005 年。